COLLECTION FOLIO

Edith Wharton

Le miroir

suivi de

Miss Mary Pask

Traduit de l'américain
par Florence Lévy-Paoloni

Gallimard

Ces nouvelles sont extraites du recueil *Grain de grenade*
(Éditions Joëlle Losfeld, 2001).

Edith Newbold Jones est née le 24 janvier 1862 à New York dans une famille de la haute société du New Jersey. Elle commence à écrire dès l'âge de onze ans mais ne publiera son premier roman qu'à quarante ans. À vingt-trois ans, elle épouse Edward Wharton, un riche oisif névrosé dont elle divorcera en 1913. Sa première nouvelle paraît dans le magazine *Scribner's* en 1891. Entre Newport, New York et l'Europe, elle mène une vie très mondaine et, en 1902, fait la connaissance d'Henry James qui deviendra un ami très cher. Sur les conseils de l'écrivain, elle puise son inspiration dans son milieu social et décrit la décadence d'une aristocratie minée par l'apparition d'une nouvelle classe, issue du monde des affaires, ignorante des traditions et de la morale qui s'y rattache. Son premier roman *Chez les heureux du monde* paraît en 1905 ; il raconte l'histoire d'une orpheline ruinée, Lily Bart, qui cherche à faire un riche mariage, bien qu'elle aime un avocat pauvre. Trop honnête pour se vendre, mais d'allure trop libre pour garder sa réputation intacte, elle voit les portes de la haute société se fermer devant elle. En 1907, Edith Wharton s'installe à Paris, rue de Varenne, se lie avec André Gide, Paul Bourget, Anna de Noailles, Jean Cocteau… et, à quarante-six ans, rencontre un journaliste, Morton Fullerton, dont elle tombe passionnément amoureuse. En 1911, elle publie *Ethan Frome* dont le héros est sous la domination de sa femme Zenobia, une mégère. L'arrivée de Mattie Silver illumine la vie d'Ethan en lui apportant de la douceur et de la compréhension. Mais elle déchaîne la jalousie de la redoutable Zenobia. Pendant la Première Guerre mondiale, la romancière organise une unité d'ambulances, geste pour lequel elle recevra la Légion d'honneur. Invitée par le maréchal Lyautey, Edith Wharton découvre le Maroc en 1917, à une époque où les voyageurs occidentaux étaient rares. Témoin des derniers instants d'une civilisation millénaire, avant que le pays ne s'ouvre au monde, elle allie un don d'observation à une grande connaissance de l'histoire marocaine. Ses souvenirs, *Voyage au Maroc*, paraissent en 1920. L'année suivante, elle est la première femme à recevoir le prix Pulitzer pour *Le temps de l'innocence* qui sera adapté au cinéma par Martin Scorsese. Auteur d'une centaine de romans, de nouvelles et même d'un livre de jardinage, Edith Wharton meurt le 11 août 1937, à Saint-Brice-sous-Forêt, près de Paris.

Elle a laissé une œuvre marquée par la tentative d'analyser l'âme humaine et de comprendre le poids de la société sur les choix moraux.

Découvrez, lisez ou relisez les livres d'Edith Wharton :

CHEZ LES HEUREUX DU MONDE (L'Imaginaire n° 417)

LE FILS et autres nouvelles (L'Imaginaire n° 455)

ETHAN FROME (L'Imaginaire n° 128)

VOYAGE AU MAROC (L'Imaginaire n° 446)

LES LETTRES (Folio 2€ n° 3935)

LE MIROIR

I

Mrs Attlee n'était jamais parvenue à comprendre quel mal il pouvait y avoir à encourager un peu les gens lorsqu'ils en avaient besoin.

Maintenant qu'elle ne travaillait plus, elle était installée dans son confortable fauteuil près du feu, ses mains musclées de masseuse désormais enflées et impuissantes posées sur ses genoux. Elle avait tout loisir de ressasser ce problème et d'y réfléchir, comme jamais auparavant.

Mrs Attlee était devenue invalide à tel point que, lorsque sa belle-fille veuve sortait pour la journée, sa petite-fille Moyra Attlee devait lui tenir compagnie jusqu'à ce que la fille de cuisine ait fini de préparer le dîner froid et soit venue s'asseoir au salon.

« Tu serais surprise, ma chérie, de voir à quel point les gens de la haute société se laissent aller au découragement dans leurs grandes maisons, avec tous leurs domestiques, leur vaisselle en argent et la sonnette toujours à portée de main s'il faut tisonner le feu ou si le chien a soif... Et quelle serait l'utilité d'une masseuse si elle ne stimulait pas un peu leur esprit en même temps que leurs muscles ?... comme me disait souvent le Dr Welbridge en me confiant un patient difficile. Et il me donnait toujours les plus difficiles », ajouta-t-elle avec fierté.

Elle s'arrêta, consciente (car, même à présent, peu de choses lui échappaient) que Moyra ne l'écoutait plus, mais acceptant cela avec résignation, comme elle acceptait la plupart des choses, maintenant que ses jours déclinaient lentement.

« Il fait beau cet après-midi et elle s'impatiente probablement parce qu'un nouveau film vient de sortir, ou parce que ce garçon s'est arrangé pour rentrer plus tôt de New York... », se dit-elle.

Elle retomba dans son silence et suivit le fil de ses pensées, mais bientôt, comme c'est fréquemment le cas chez les personnes âgées, elles refirent surface.

« Et j'espère que je suis une bonne catholique, comme je le disais au père Divott l'autre jour, et en paix avec le ciel, si jamais j'étais emportée brusquement... mais, quoi qu'il arrive, je devrai courir le risque d'être punie pour le tort que j'ai fait à Mrs Clingsland, car, tant que je ne m'en serai pas repentie, il ne sert à rien d'en parler au père Divott, n'est-ce pas ? »

Mrs Attlee poussa un soupir sur son propre sort. Comme beaucoup de gens humbles de sa condition et de sa religion, elle pensait vaguement qu'un péché inavoué était pareil à un péché non commis, pour ce qui était de ses conséquences. Cette conviction l'avait souvent aidée dans la tâche difficile qui consiste à réconcilier la doctrine et la pratique.

II

Moyra Attlee cessa de regarder avec apathie la rue vide, en ce dimanche après-midi, d'une banlieue du New Jersey et ses yeux étonnés se tournèrent vers sa grand-mère.

« Mrs Clingsland ? Tu as fait du tort à Mrs Clingsland ? »

Jusqu'ici, elle n'avait prêté qu'une oreille distraite aux radotages de sa grand-mère ; les propos des personnes âgées lui faisaient l'effet d'un langage méritant à peine d'être appris. Cependant, ce n'était pas toujours le cas de ceux de Mrs Attlee. Elle avait cessé de travailler chez les gens riches avant les premiers signes de la récession, mais sa mémoire tenace conservait l'image de l'époque luxueuse que la génération de sa petite-fille, appartenant pourtant à un monde plus ouvert, ne connaissait que par ouï-dire. Mrs Attlee avait le don d'évoquer en quelques mots des scènes d'une opulence et d'une oisiveté à demi compréhensibles, comme un guide conduisant au crépuscule un étranger dans la galerie d'un palais et levant de temps à autre sa lampe devant un Rembrandt miroitant ou un Rubens chatoyant. Moyra saisissait surtout ces visions éblouissantes lorsque sa grand-mère parlait de Mrs Clingsland. Celle-ci avait toujours été plus qu'un nom pour les membres de la famille Attlee. Ils savaient (sans en connaître la raison) que c'était grâce à son aide que grand-mère Attlee avait pu acheter, des années auparavant, la petite maison de Montclair, avec son bout de jardin derrière, où, tant qu'avait duré la récession, elle avait tenu bon, grâce aux investissements heureux conseillés par le banquier, grand ami de Mrs Clingsland.

« Elle avait tant d'amis, tous très haut placés, tu comprends. Souvent elle me disait : "Cora (tu te rends compte comme c'était gentil de m'appeler Cora), Cora, je vais acheter quelques actions de la Golden Flyer sur les conseils de Mr Stoner. Mr Stoner de la National Union Bank, vous savez. Il me les fait acquérir au prix d'émission, comme on dit, et si vous voulez en profiter, ne vous gênez pas. Rien n'est trop bon pour vous, à mon avis." En l'occurrence, ces actions se sont maintenues à flot tout au long des années difficiles et maintenant, je crois qu'elles suffiront à mes besoins et que quand je ne serai plus, elles seront toujours là pour vous aider, vous les enfants. »

Ce jour-là, Moyra Attlee entendit le nom vénéré avec un intérêt renouvelé. La phrase : « Le tort que j'ai fait à Mrs Clingsland » avait résonné au milieu de son indifférence et suscité soudain sa curiosité. Que pouvait bien vouloir dire sa grand-mère en prétendant avoir fait du mal à la bienfaitrice dont elle ne se lassait jamais de rappeler les largesses ? Moyra pensait que sa grand-mère était une femme d'une grande bonté — elle avait assurément été extrêmement généreuse avec ses enfants et ses petits-enfants — et il paraissait incroyable qu'elle pût s'être rendue coupable d'une grave défaillance au cours de sa vie, sous la forme d'un préjudice envers Mrs Clingsland. Il était vrai qu'elle semblait s'être réconciliée avec sa conscience, quelle que fût cette défaillance ; il était toutefois évident que la pensée de ne pas l'avoir confessée troublait sa tranquillité d'esprit.

« Comment peux-tu dire que tu as fait du mal à une amie comme Mrs Clingsland, mamie ? »

Le regard de Mrs Attlee s'aiguisa derrière ses lunettes et elle posa les yeux sur le visage de la jeune fille avec une certaine méfiance. Mais elle parut se ressaisir tout de suite. « Je n'ai pas dit que je lui avais fait du mal. Je crois que ça ne m'est jamais arrivé. Miséricorde ! Je n'aurais jamais levé le petit doigt pour lui faire du mal. Je voulais seulement l'aider. Mais quand on essaie d'aider trop de gens à la fois, le diable le remarque parfois. Tu comprends, ma chérie, de nos jours il y a des limites à tout, y compris au bien. »

Moyra eut un geste d'impatience. La philosophie de sa grand-mère ne l'intéressait pas. « D'accord... mais tu as dit que tu avais fait du tort à Mrs Clingsland. »

Le regard perçant de Mrs Attlee parut se retirer derrière un nuage de vieillesse. Elle demeurait silencieuse, les mains lourdement posées l'une sur l'autre dans leur tragique inutilité.

Elle reprit soudain : « Je me demande ce que *toi*, tu aurais fait si tu étais entrée ce matin-là dans sa chambre et que tu l'avais trouvée couchée dans son grand lit ravissant, avec plus d'un mètre de dentelle sur les draps, le visage noyé dans les oreillers, de telle manière que j'ai tout de suite compris qu'elle pleurait ? Est-ce que tu aurais ouvert ton sac comme d'habitude et sorti la crème de coco, le talc, le vernis à ongles et tout le reste, en attendant, figée comme une statue, qu'elle se retourne vers toi ? Ou est-ce que tu te serais approchée d'elle pour l'aider à se tourner doucement, comme un bébé, et lui aurais dit : "Allons, ma chère, je crois que vous pouvez confier à Cora Attlee ce qui ne va pas" ? En tout cas, c'est ce que j'ai fait. Elle était là, le visage ruisselant de larmes, et ressemblait à une sainte martyre sur un autel. Quand je lui ai proposé : "Allez, voyons, racontez-moi tout, ça vous aidera", elle a simplement dit en sanglotant : "Rien ne peut plus jamais m'aider, maintenant que je l'ai perdue."

« "Perdu quoi ?" lui ai-je demandé en pensant tout d'abord à son fils, Dieu me garde, que j'avais pourtant entendu siffler dans les escaliers en montant. Mais elle m'a répondu : "Ma beauté, Cora... je l'ai vue filer soudain par la porte ce matin"... Je dois avouer que ces mots m'ont fait rire et m'ont aussi mise un peu en colère. Je lui ai répondu : "Votre beauté, c'est tout ? Et moi qui croyais qu'il s'agissait de votre mari, ou de votre fils... ou même de votre fortune. Si c'est seulement votre beauté, ne puis-je vous la rendre avec ces mains que voici ? Mais qu'est-ce que vous racontez, avec ce visage séraphique que vous levez vers moi ?" Voilà ce que je lui ai dit, parce qu'elle m'irritait comme si elle blasphémait.

— Et alors, c'était vrai ? interrompit Moyra, à la fois impatiente et curieuse.

— Vrai qu'elle avait perdu sa beauté ? » Mrs Attlee réfléchit un instant. « Tu sais, parfois, quand on fait une reprise délicate, assise devant la fenêtre l'après-midi en plein jour, l'aiguille a l'air de trouver toute seule son chemin et l'instant suivant, on se dit : “Est-ce que ce sont mes yeux ?”, car tout semble se brouiller et, bientôt, on se rend compte que le jour faiblit, se retire à pas de loup de l’endroit où l’on se tient, alors qu’au-dessus il y a encore plein de lumière. Eh bien... c’est comme ça que sa... »

Moyra n’avait jamais fait de reprise délicate, ni écarquillé les yeux dans la lumière déclinante, et elle intervint de nouveau, plus impatiemment : « Bon, qu’a-t-elle fait ? »

Mrs Attlee réfléchit de nouveau. « Eh bien, elle m’a demandé de lui dire tous les matins que ce n’était pas vrai et, chaque jour, elle me croyait un peu moins. Elle demandait la même chose à tout le monde dans la maison, à commencer par son mari, le pauvre homme... lui qui était si déconcerté dès qu’on lui posait une question sur un sujet autre que son travail, son club ou ses chevaux, et qui n’avait jamais remarqué le moindre changement chez elle depuis le jour où il l’avait épousée et emmenée chez lui, vingt ans auparavant, peut-être...

« Mais là, rien de ce qu’il aurait pu dire, s’il avait eu la présence d’esprit de le dire, n’aurait pu changer quoi que ce soit. Du jour où elle a aperçu la première petite ride autour de ses yeux, elle s’est considérée comme une vieille femme et cette pensée ne l’a jamais quittée plus de quelques minutes.

Oh, quand elle était en grande toilette, quand elle riait et recevait, je ne dis pas qu'elle ne retrouvait pas foi en sa beauté et que celle-ci ne lui montait pas à la tête comme le champagne, mais cela cessait plus vite que l'effet du champagne. Je l'ai vue monter les escaliers en courant avec l'agilité d'une jeune fille et, avant même de s'être débarrassée de ses beaux vêtements, s'asseoir n'importe comment devant l'un de ses grands miroirs — il y avait des miroirs partout dans sa chambre — et regarder fixement son visage jusqu'à ce que les larmes roulent sur la poudre de ses joues.

— Oh, je suppose que c'est toujours horrible de vieillir », dit Moyra avec un regain d'indifférence.

Mrs Attlee sourit en songeant au passé. « Comment pourrais-je dire cela, moi dont la vieillesse a été rendue si paisible grâce à sa bonté à mon égard ? »

Moyra se leva en haussant les épaules. « Pourtant, tu dis que tu as mal agi envers elle. Comment veux-tu que je comprenne ? »

Sa grand-mère ne répondit pas. Elle ferma les yeux et inclina la tête sur le petit coussin posé derrière sa nuque. Ses lèvres semblaient s'agiter en un murmure, mais aucun mot ne sortait. Moyra pensa qu'elle était probablement en train de s'endormir et qu'à son réveil elle ne se rappellerait pas ce qu'elle avait été sur le point de révéler.

« Ce n'est pas très drôle de rester assise ici si tu n'es même pas capable de rester éveillée assez longtemps pour me parler de Mrs Clingsland », grommela-t-elle.

Mrs Attlee se réveilla en sursaut.

III

« Bon (commença-t-elle), tu sais ce qui est arrivé pendant la guerre... je veux dire, comment les belles dames, et les pauvres mal vêtues aussi, se sont mises à courir chez les médiums et les voyants, peu importe le nom que leur donnaient les gens chic. Les femmes voulaient des nouvelles de leurs maris et on les leur faisait payer assez cher... Oh, ces histoires que j'entendais... et ils ne se faisaient pas payer qu'en argent ! Il y avait quantité d'escrocs et de maîtres chanteurs qui en profitaient, bien sûr. J'aurais fait plus confiance à une bohémienne à la foire... mais les femmes ne pouvaient *pas* s'empêcher d'aller les trouver.

« Eh bien, ma petite, j'ai toujours eu des intuitions, dès le berceau, en quelque sorte. Je ne veux pas parler de lire dans les feuilles de thé ou de tirer les cartes ; ça, c'est de la blague. Non, non ; je veux parler des choses qu'on sent autour de soi, derrière soi, qui chuchotent des mots à l'oreille... Un jour, au crépuscule, sur les collines du Connemara, ma mère a vu des lutins et elle m'a dit qu'ils sentaient bon et fort... Eh bien, plus j'allais d'une grande maison à une autre, pour faire mes massages et mes soins du visage, plus j'avais pitié de ces pauvres malheureuses auxquelles des charlatans soi-disant devins extorquaient beaucoup d'argent en échange d'un paquet de mensonges. Un jour, je n'ai pas pu le supporter plus longtemps et, tout en sachant que l'Église s'y opposait, à la vue d'une dame qui devenait presque folle parce que, depuis des mois, elle n'avait pas de nouvelles de son fils au front, je lui ai dit : "Si vous venez chez moi demain, j'aurai peut-être un message pour vous." Le plus étonnant, c'est que j'en *avais* un ! Cette nuit-là, j'ai rêvé qu'un message arrivait, lui apportant de bonnes nouvelles et, le lendemain, effectivement, elle a reçu un câble lui apprenant que son fils s'était échappé d'un camp allemand...

« Après cela, les dames ont commencé à venir en masse, en masse vraiment... tu es trop jeune pour t'en souvenir, ma petite, mais ta mère pourrait te le dire. Pourtant, elle ne le fera pas, parce que, au bout d'un moment, le prêtre a eu vent de la chose et il m'a fallu arrêter... et donc, elle ne veut même plus en parler. Mais j'ai toujours dit : comment aurais-je pu l'éviter ? Car, à cette époque, je voyais et j'entendais *réellement* des choses... Bien sûr, les dames n'étaient censées venir que pour les soins du visage... et était-ce ma faute si j'entendais des messages destinés à ces malheureuses ou si je voyais les choses qu'elles souhaitaient que je voie ?

« Cela n'a plus d'importance à présent, car j'ai tout réglé avec le père Divott il y a des années, et personne ne vient plus me voir, comme tu peux le constater toi-même. Tout ce que je demande, c'est qu'on me laisse tranquille dans mon fauteuil...

« Mais avec Mrs Clingsland... eh bien, ce n'était pas pareil. D'abord, c'était la cliente que je préférais. Elle était capable de tout faire pour les autres, si seulement on réussissait à l'empêcher de ne penser qu'à elle un instant... et, pour une dame riche, c'est beaucoup demander. Tu comprends, l'argent leur fait une cuirasse pratiquement sans défauts. Cependant, Mrs Clingsland avait une nature aimante, si seulement quelqu'un lui avait montré comment aimer... Mon Dieu ! comme elle aurait été surprise si on le lui avait dit ! Elle qui croyait qu'elle baignait dans l'amour. Dès que les rides ont commencé à se dessiner autour de ses yeux, elle a cessé d'y croire. Il lui fallait sans cesse trouver des gens nouveaux pour lui dire qu'elle était toujours aussi belle ; elle les usait en leur demandant continuellement : "Ne trouvez-vous pas que je commence à me faner un peu ?”... Jusqu’à ce qu’à la longue ils fussent de moins en moins nombreux à venir chez elle. Autant qu’une pauvre masseuse comme moi pouvait en juger, je n’aimais pas beaucoup l’allure de ceux qui venaient encore, et Mr Clingsland ne les appréciait pas non plus.

« Pourtant, il y avait les enfants, me diras-tu. C’est vrai. Et elle aimait ses enfants d’une certaine manière, mais pas à leur manière à eux. La fille, qui était l’aînée de plusieurs années, ressemblait à son père : elle avait un visage quelconque et parlait sans affectation de chiens, de chevaux et de sport. Avec sa mère, elle était froide et farouche ; sa mère avait la même attitude à son égard. Petit, le garçon était fragile ; elle pouvait donc le câliner et l’habiller de culottes de velours noir, comme le petit garçon du livre — le petit Lord Quelque Chose. Mais quand ses jambes ont commencé à s’allonger et qu’on l’a envoyé à l’école, elle a dit qu’il n’était plus son petit garçon chéri. Ça agace un garçon qui grandit d’entendre parler de lui en ces termes.

« Bien sûr, elle avait encore des amies sincères ; c’étaient pour la plupart des dames d’âge mûr, de son âge (car *elle* avait atteint un certain âge, le changement avait fini par se produire), qui passaient souvent la voir pour bavarder un peu. Mais, Seigneur ! elles n’étaient pas d’un grand secours, car ce dont elle avait besoin, dont elle ne pouvait pas se passer, c'était du regard des hommes rendus muets par sa beauté. C'était bien ce qu'elle ne pouvait plus obtenir, sauf si elle payait pour. Et encore... !

« Car, vois-tu, elle était trop vive et trop intelligente pour se laisser longtemps mener en bateau par le genre d'hommes qui essayait de tirer parti d'elle. Elle riait tellement des femmes âgées à double menton qui faisaient le tour des boîtes de nuit avec leur petit ami. Elle se moquait des vieilles dames amoureuses et pourtant elle ne supportait pas de ne plus pouvoir prétendre à l'amour, tout en sachant qu'elle était, elle aussi, en train de devenir une vieille dame.

« Bon, je me souviens qu'un jour une autre de mes clientes, qui n'avait jamais eu beaucoup d'allure en dehors des vêtements qu'on achète sur la Cinquième Avenue, riait devant moi de Mrs Clingsland, de sa peur de vieillir et de sa soif d'admirateurs. En l'écoutant, je me suis dit soudain : “Allons, ni elle ni moi ne savons rien des souffrances d'une femme superbe qui perd sa beauté. Pour nous deux, comme pour des milliers d'autres, vieillir signifie passer d'une pièce claire et chaude à une autre un peu moins claire et un peu moins chaude. Pour une beauté comme Mrs Clingsland, c'est comme d'être chassée d'une salle de bal illuminée, pleine de fleurs et de lustres et de se retrouver dehors dans la nuit d'hiver et la neige." Il ma fallu ravaler mes mots pour ne pas les prononcer devant ma cliente... »

IV

« Mrs Clingsland a retrouvé un peu de gaîté quand son fils a été assez grand pour entrer au collège. De temps à autre, elle allait le voir et il rentrait à la maison pour les vacances. Il l'emmenait déjeuner dehors ou danser dans un cabaret ; quand les maîtres d'hôtel la prenaient pour son amie, elle en parlait une semaine entière. Mais un jour, un portier a dit : "Vous avez intérêt à vous dépêcher, m'sieur. Y'a votre mère qui vous attend là-bas et elle a l'air complètement crevée." Après cela, elle n'est plus sortie aussi souvent avec lui.

« Pendant un certain temps, elle se consolait un peu en me racontant ses conquêtes de jeunesse. Je l'écoutais avec patience, sachant qu'il valait mieux qu'elle m'en parlât à moi plutôt qu'aux flatteurs qui commençaient à l'entourer.

« Ne crois pas, toutefois, que c'était une méchante femme. Elle se montrait gentille avec son mari et ses enfants, mais ils avaient de moins en moins d'importance à ses yeux. Ce dont elle avait besoin, c'était d'un miroir où se regarder et, quand les gens de sa famille lui prêtaient suffisamment d'attention pour lui servir de miroir, ce qui n'arrivait pas souvent, elle n'aimait guère l'image qu'elle découvrait. Je crois que ça a été la pire période de sa vie. Elle a perdu une dent, a commencé à se teindre les cheveux, s'est isolée pour se faire faire un lifting, a pris peur et est revenue comme un fantôme, avec une poche sous l'œil, là où on avait commencé le traitement...

« Je commençais vraiment à me faire du souci pour elle à cette époque. Elle était devenue revêche et amère avec tout le monde et j'étais, semble-t-il, la seule personne à qui elle pouvait parler. Elle me retenait auprès d'elle pendant des heures, me payant toujours les rendez-vous qu'elle me faisait manquer et répétant sans arrêt la même chose ; elle me racontait que lorsqu'elle était jeune et entrait dans une salle de bal, un restaurant ou un théâtre, tout le monde arrêtait ses occupations et se retournait pour la regarder... même les acteurs sur scène, disait-elle, et c'était sans doute vrai. Mais c'était le passé...

« Et que pouvais-je lui répondre ? Elle avait déjà entendu tout cela bien assez souvent. Mais des gens dont je n'aimais pas l'allure rôdaient dans les parages ; tu comprends, des gens qui profitent des femmes sans défense qui n'acceptent pas de vieillir. Un jour, elle me montre une lettre d'amour. Elle me dit qu'elle ne connaît pas l'homme qui la lui a envoyée, mais qu'elle a entendu parler de lui. C'était un soi-disant comte, un étranger. Il avait eu des aventures, des ennuis dans son pays, je crois... Elle rit et déchire la lettre. Il lui en envoie une autre que j'aperçois aussi... mais je ne la vois pas la déchirer.

« "Oh ! je sais bien ce qu'il cherche, dit-elle. Ce genre d'hommes est toujours à l'affût d'une vieille femme stupide qui a de l'argent..." Elle poursuit : "Ah ! ce n'était pas comme ça autrefois. Je me rappelle qu'un jour j'étais entrée chez un fleuriste pour acheter des violettes et qu'il y avait un jeune homme. Il était peut-être un peu plus jeune que moi... mais j'avais encore l'air d'une jeune fille. Quand il m'a vue, il s'est arrêté net de parler au fleuriste et son visage est devenu si pâle que j'ai cru qu'il allait s'évanouir. J'ai acheté mes violettes et, tandis que je sortais, l'une d'elles est tombée du bouquet ; je l'ai vu se baisser pour la ramasser et la cacher comme s'il avait volé quelque chose..." Elle continue : "Eh bien, quelques jours plus tard, je l'ai rencontré à un dîner et il s'est avéré que c'était le fils d'une de mes amies, plus vieille que moi, qui s'était mariée à l'étranger. Il avait été élevé en Angleterre et venait d'arriver à New York pour y travailler..."

« Elle s'étend, les yeux fermés et un sourire paisible sur son pauvre visage tourmenté. "Je ne m'en suis pas rendu compte à l'époque, mais je crois que c'est la seule fois où j'ai jamais été amoureuse..." Pendant un moment elle ne dit rien de plus et je vois les larmes rouler sur ses joues. "Racontez-moi tout, allez-y, ma pauvre", dis-je, car je pensais que ça valait mieux pour elle que de danser le fandango avec ce comte mielleux dont elle n'avait pas déchiré la lettre.

« "Il y a si peu à raconter, dit-elle. Nous ne nous sommes rencontrés que quatre ou cinq fois... puis Harry a péri dans le naufrage du *Titanic*.

« — Miséricorde ! et ça s'est passé il y a tant d'années ? demandai-je.

« — Les années ne changent rien, Cora. Je sais, d'après la manière dont il me regardait, que personne ne m'a jamais adorée comme lui, répond-elle.

« — Vous a-t-il avoué son amour ?" demandai-je pour lui faire plaisir, tout en me sentant un peu coupable envers son mari.

« "Certaines choses n'ont pas besoin d'être dites", répond-elle avec le sourire d'une jeune mariée. "Si seulement il n'était pas mort, Cora... C'est le chagrin que j'en ai eu qui m'a fait vieillir avant l'âge." (Avant l'âge ! Et dire qu'elle avait largement dépassé cinquante ans !)

« Bon. Un ou deux jours après cela, je reçois un choc. Au moment où je vais entrer chez Mrs Clingsland, je vois sortir une femme que je reconnaîtrais entre mille si je devais la rencontrer en enfer — ce qui m'arrivera, je le sais, si je ne fais pas attention où je mets les pieds... Tu vois, Moyra, il y a des années que j'ai cessé de m'intéresser aux boules de cristal, aux tables tournantes et à ce que l'Église interdit, mais j'y ai été mêlée un certain temps (jusqu'à ce que le père Divott m'intime l'ordre d'arrêter) et je connaissais, au moins de vue, la plupart des grands médiums et de leurs rabatteurs. Cette femme sur le pas de la porte était une rabatteuse, l'une des pires et des plus connues de New York. Je connaissais des gens qu'elle avait exploités jusqu'au dernier sou en leur vendant les nouvelles qu'ils voulaient entendre, comme si elle leur avait procuré une drogue défendue. Tout d'un coup, je me suis rappelé avoir entendu dire qu'elle entretenait un comte étranger qui lui prenait jusqu'à *son* dernier sou — et je suis rentrée chez moi en hâte pour réfléchir.

« Je comprenais trop bien ce qui allait se passer. Soit elle allait persuader ma pauvre cliente que le comte était rendu fou par sa beauté et elle aurait ainsi prise sur Mrs Clingsland, soit — et c'était pire — elle la ferait parler et apprendrait l'histoire du pauvre jeune homme nommé Harry, qui s'était noyé, et lui apporterait des messages de sa part ; cela pourrait durer très longtemps et rapporter plus d'argent que le comte...

« Bon, Moyra. Est-ce que je pouvais empêcher cela ? J'avais tellement pitié d'elle, tu comprends. Je voyais bien qu'elle était malade et qu'elle dépérissait, que sa volonté s'affaiblissait. Si je voulais la protéger de ces bandits, il me fallait agir tout de suite et m'occuper de ma conscience plus tard... si je le pouvais... »

V

« Je crois que je n'ai jamais autant réfléchi que cette nuit-là. En effet, qu'est-ce que j'étais sur le point de faire ? Quelque chose qui allait à l'encontre de l'Église et de mes propres principes ; et si jamais j'étais démasquée, c'en était fait de moi — de la réputation que j'avais depuis trente ans d'être la meilleure masseuse de New York, la plus honnête et la plus respectable !

« Bon, et que se passera-t-il, me dis-je, si cette femme met le grappin sur Mrs Clingsland ? Eh bien, quoi qu'il arrive, elle la saignera à blanc, puis l'abandonnera sans aide ni réconfort. J'avais connu des maisons où ça s'était produit et je ne voulais pas que cette pauvre femme en soit victime. Ce que je cherchais, c'était à lui redonner confiance en elle-même, pour qu'elle montre plus de gentillesse envers les autres... et le lendemain, j'avais préparé mon plan et commencé à l'exécuter.

« Cela n'avait rien de facile et je m'étonne parfois de mon courage. J'avais conclu que l'autre femme devrait utiliser le filon du jeune homme qui s'était noyé, car j'étais pratiquement certaine qu'à la dernière minute Mrs Clingsland se déroberait devant le comte. Alors, je m'étais dit que je devais utiliser le même filon... mais comment ?

« Tu vois, ma petite, ces gens-là, quand ils se parlent ou s'écrivent, ils emploient des grands mots qui ne nous sont pas familiers. Si je commençais à lui apporter des messages, j'avais peur de ne pas choisir les mots qu'il fallait et qu'elle se doute de quelque chose. Je savais que je pourrais m'en tirer pendant un jour ou deux, mais ensuite, j'en étais moins sûre. Pourtant, il n'y avait pas de temps à perdre et, en allant chez elle le lendemain matin, je lui ai dit : “Il m'est arrivé quelque chose de bizarre la nuit dernière. Je crois que c'est à cause de la façon dont vous m'avez parlé de ce monsieur... celui du *Titanic*. Vous me l'avez fait voir aussi nettement que s'il avait été dans la pièce...” En entendant ces mots, elle s'assoit dans son lit, ses grands yeux me transperçant de leur regard. “Oh ! Cora, peut-être y est-il *réellement* ! Oh ! racontez-moi vite ce qui s'est passé !

« — Eh bien, la nuit dernière j'étais couchée dans mon lit quand j'ai reçu quelque chose émanant de lui. J'ai tout de suite compris que ça venait de lui ; c'était un mot qu'il me demandait de vous apporter..."

« Elle se met à pleurer si fort qu'il me faut attendre qu'elle puisse à nouveau m'écouter. Quand je reprends, elle se cramponne à moi, buvant mes paroles comme si j'étais son Sauveur. La pauvre femme !

« Le message que j'avais trouvé pour le premier jour était assez simple. Je lui explique qu'il m'a demandé de lui dire qu'il l'a toujours aimée. Elle avale mes paroles comme du miel et reste là à les savourer. Mais au bout d'un moment, elle lève la tête. "Alors, pourquoi ne me l'a-t-il pas dit ? demande-t-elle.

« — Ah ! il faudra que j'essaie de le joindre de nouveau pour le lui demander", je réponds. Ce jour-là, elle me poussa littéralement à abandonner mes autres tâches, de peur que je n'arrive en retard chez moi et que je ne sois trop fatiguée pour l'entendre s'il revenait. "Et *il* reviendra, Cora. Je le sais ! Il faut que vous soyez prête et que vous écriviez tout ce qu'il dit. Je veux que vous écriviez chaque mot, dès qu'il le prononce, de peur d'en oublier un seul."

« Bon, c'était une nouvelle difficulté. Écrire n'a jamais été mon point fort et quant à trouver les mots qu'aurait employés un jeune monsieur amoureux qui avait péri à bord du *Titanic*, on aurait tout aussi bien pu me demander d'écrire un dictionnaire chinois. Non que je fusse incapable d'imaginer ce qu'il aurait pu ressentir, mais je n'avais pas la moindre idée de la manière dont il l'aurait exprimé.

« Comme dit le père Divott, c'est merveilleux comme la Providence semble parfois écouter derrière la porte. En rentrant chez moi ce soir-là, je trouve un message d'une cliente me demandant d'aller voir un pauvre jeune homme qu'elle avait aidé quand elle était plus riche — je crois qu'il avait été le précepteur de ses enfants. Il était au bout du rouleau et se mourait dans un misérable meublé près d'ici, à Montclair. Bon, j'y vais et je comprends tout de suite pourquoi il n'a pas conservé son travail, ni aucun autre. Le pauvre garçon, c'était à cause de la boisson, et il était en train d'en mourir. C'était une histoire plutôt triste, mais une petite partie seulement a un rapport avec ce que je te raconte.

« Il avait reçu une excellente éducation et il était vif comme l'éclair. Je n'ai pas encore terminé mes explications qu'il me montre quoi dire et écrit le message à ma place. Je m'en souviens encore. *Il était tellement aveuglé par votre beauté qu'il ne pouvait pas parler... et lorsqu'il vous vit la fois suivante, au cours de ce dîner, les épaules dénudées et parée de perles, vous lui avez semblé encore plus lointaine. Il a erré dans les rues jusqu'au matin, puis il est rentré chez lui et vous a écrit une lettre, mais il n'a jamais osé vous l'envoyer.*

« Cette fois, Mrs Clingsland boit ces phrases comme du champagne. Aveuglé par sa beauté, rendu muet d'amour ! Oh ! mais c'est ce qu'elle désire tellement entendre depuis des années. Simplement, après un si beau début, il lui en faut davantage, toujours davantage... et cela ne me facilite pas la tâche.

« Heureusement que le jeune homme m'aide. Au bout d'un moment, quand je lui ai fait entrevoir de quoi il s'agit, il y prend autant d'intérêt que moi et s'impatiente les jours où je ne viens pas.

« Mais, Seigneur ! les questions qu'elle pose ! "Demandez-lui, s'il est vrai que je lui ai coupé le souffle à ce premier dîner, de vous décrire la robe que je portais. On doit se souvenir de ce genre de choses, même dans l'autre monde, vous ne croyez pas ? Et vous avez dit qu'il avait remarqué mes perles ?"

« Par chance, elle m'avait si souvent décrit cette robe que je n'ai eu aucun mal à expliquer au jeune homme ce qu'il fallait dire... et ça a continué comme ça ; d'une manière ou d'une autre, je trouvais chaque fois une réponse qui lui faisait plaisir. Mais un jour que Harry lui avait envoyé un message particulièrement charmant de l'au-delà (comme on dit chez ces gens-là), elle a fondu en larmes en s'écriant : "Oh ! pourquoi ne m'a-t-il jamais rien dit de semblable lorsque nous étions ensemble ?"

« Ça c'était une colle, comme on dit. Je n'arrivais pas à trouver de raison. Bien sûr, je savais que, de toute manière, tout cela était mal et immoral, mais — pauvre femme ! — je ne vois pas à qui cela pouvait faire du tort de favoriser les relations amoureuses entre une femme malade et un fantôme. De plus, j'avais pris la précaution de dire une neuvaine pour que le père Divott ne me démasque pas.

« Bon. J'explique au pauvre jeune homme ce qu'elle veut savoir et il répond : "Oh ! vous pouvez lui dire qu'une influence maléfique s'est glissée entre eux. Quelqu'un était jaloux et a manœuvré contre lui — tenez, donnez-moi un crayon, je vais vous l'écrire...", et il tend une main fiévreuse et tremblante vers le papier.

« En entendant ce message, son visage s'enflamme littéralement de joie. "Je le savais... je l'ai toujours su !" Elle me saute au cou et m'embrasse. "Cora, répétez-moi ce qu'il a dit de mon allure la première fois qu'il m'a vue..."

« Je lui réponds : "Eh bien, vous deviez avoir la

même allure qu'aujourd'hui, car votre visage semble rajeuni de vingt ans." Et c'était vrai.

« Ce qui m'a aidée à continuer, c'est qu'elle était devenue beaucoup plus aimable et plus calme. Elle montrait moins d'impatience envers les domestiques, plus de compréhension à l'égard de sa fille et de Mr Clingsland. L'atmosphère de la maison avait changé. Elle disait parfois : "Cora, il doit y avoir de pauvres gens en difficulté qui n'ont personne pour leur tendre la main ; je veux que vous m'en parliez chaque fois que vous rencontrez quelqu'un dans cette situation." C'est comme ça que j'ai veillé à ce que le pauvre jeune homme soit bien soigné et réconforté par quelques petites friandises. Et tu ne me feras jamais croire qu'il y avait du mal à cela — ou à ce que Mrs Clingsland m'aidât à faire refaire le toit de cette maison.

« Pourtant, un jour en entrant, je la trouve assise dans son lit, deux taches rouges sur ses joues maigres. La paix avait déserté son pauvre visage. "Allons, Mrs Clingsland, voyons, qu'est-ce qui ne va pas ?" Je voyais bien ce qui s'était passé. Quelqu'un avait ébranlé sa croyance au spiritisme, peu importe le nom qu'on lui donne, et elle avait tant pleuré qu'elle avait la fièvre et pensait que j'avais inventé tout ce que je lui avais raconté. "De toute manière, qu'est-ce qui me prouve que vous êtes médium", me lance-t-elle avec un regard furieux et pitoyable, “et que vous ne profitez pas de moi tous les matins avec toutes ces histoires ?”

« Bon. Le plus drôle, c’est que ces paroles m’ont blessée, non parce que j’avais peur d’être démasquée, mais parce que — Seigneur ! — j’en étais arrivée en quelque sorte à croire à ce jeune Harry et à la cour qu’il faisait à Mrs Clingsland ; cela me fâchait d’être traitée comme un imposteur. Pourtant, je ravale ma mauvaise humeur et ma langue et lui délivre mon message comme si je n’avais pas entendu ; elle a honte et ne me dit plus rien. Notre brouille dure une semaine ; un jour, la pauvre femme me dit en pleurnichant comme une droguée : “Cora, je ne peux pas vivre sans les messages que vous m’apportez. Ceux que d’autres me font parvenir n’ont pas l’air de venir de Harry — les vôtres, si.”

« J’ai tellement pitié d’elle que j’ai vraiment du mal à ne pas pleurer aussi. Je ne perds pas la tête et je réponds calmement : “Mrs Clingsland, j’ai été à l’encontre de ma religion et j’ai mis en péril mon âme pour vous faire parvenir ces messages. Si vous avez trouvé d’autres personnes pour vous aider, tant mieux pour moi, et je vais aller me réconcilier avec le ciel dès ce soir.

« — Mais les autres messages ne m’aident pas et je ne demande qu’à vous croire, dit-elle en sanglotant. Seulement, rester toute la nuit sans dormir en ressassant tout cela me rend tellement malheureuse. J'en mourrai si vous ne pouvez pas me prouver que c'est vraiment Harry qui vous parle."

« Je me mets à ranger mes affaires. "J'ai bien peur de ne pas pouvoir vous le prouver", dis-je d'une voix glaciale en détournant la tête pour l'empêcher de voir les larmes qui roulent sur mes joues.

« "Oh ! Cora, il le faut, sinon je vais mourir !" m'implore-t-elle. Et la pauvre avait l'air de dire vrai.

« "Comment puis-je vous le prouver ?" Malgré toute ma pitié à son égard, j'étais encore froissée par la manière dont elle m'avait parlé et j'imaginais combien j'allais être heureuse de libérer ma conscience de toute cette histoire le soir même au confessionnal.

« Elle ouvre de grands yeux et les lève vers moi ; j'ai l'impression de voir dans ce regard le spectre de la beauté de sa jeunesse. "Il n'y a qu'un seul moyen, murmure-t-elle.

« — Eh bien, quel est-il ? dis-je, toujours offensée.

« — Il faut que vous lui demandiez de vous répéter la lettre qu'il m'a écrite et n'a pas osé m'envoyer. Alors, je saurai tout de suite si vous êtes vraiment en communication avec lui et, dans ce cas, je ne douterai plus jamais de vous."

« Bon. Je m'assois et me mets à rire. "Vous croyez que c'est si facile de parler avec les morts ?

« — Je crois qu'il comprendra que je suis moi aussi en train de mourir. Il aura pitié de moi et fera ce que je lui demande." Je ne réponds rien, range mes affaires et pars. »

VI

« Cette lettre me semblait une véritable montagne et le pauvre jeune homme partageait mon avis. “Ah! ça c'est trop difficile”, dit-il. Mais il m'assure qu'il va y réfléchir et qu'il fera de son mieux; je dois revenir le lendemain si je peux. “Si seulement j'en savais plus sur elle — ou sur *lui.* C'est sacrément difficile pour un mort d'écrire des lettres d'amour à une femme quand on ne connaît ni l'un ni l'autre”, dit-il avec un petit rire fêlé. Je ne peux pas dire le contraire, mais je sais qu'il fera ce qu'il pourra. De plus, je me rends compte que la difficulté l'aiguillonne alors qu'elle me décourage.

« Le lendemain soir, je me rends de nouveau dans sa chambre. En montant les escaliers, j'ai un pressentiment soudain, de ceux qui me prenaient parfois à la gorge.

« “Il fait un froid terrible dans ces escaliers et je parie que personne n'a allumé un feu chez lui depuis ce matin”, me dis-je. Mais ce n’était pas vraiment le froid qui me faisait peur, je devinais que quelque chose de pire m’attendait.

« J’ouvre la porte et j’entre en disant aussi joyeusement que je le peux : “Bon. Je vous ai apporté une demi-bouteille de champagne et un thermos de soupe chaude. Mais pour les mériter, vous devez me dire...”

« Il est allongé sur son lit et paraît ne pas me voir, malgré ses yeux grands ouverts. Il ne me répond pas quand je lui parle. J’essaie de plaisanter. “Seigneur ! dis-je, avez-vous sommeil au point d’être incapable de tourner la tête pour voir le champagne ? Cette souillon n’est donc pas venue s’occuper du poêle ? Il fait un froid d’outre-tombe dans cette pièce...”, dis-je, et je m’arrête net en prononçant ces mots. Il est toujours immobile et muet ; je me rends compte que le froid émane de lui et non du poêle éteint. Je prends sa main et je place le miroir fêlé devant sa bouche. Alors, je comprends qu’il est allé voir saint Pierre. Je lui ferme les yeux et m’agenouille à côté du lit. “Mon pauvre, je ne vous laisserai pas partir sans une prière”, murmuré-je en sortant mon chapelet.

« J’ai le cœur plein de tristesse, mais je n’ose pas prier longtemps, car je sais qu’il me faut prévenir les gens de la maison. Je me contente de murmurer une prière pour les morts avant de me remettre sur mes pieds. Mais avant d'appeler quelqu'un, je jette un coup d'œil rapide dans la pièce, car je me dis qu'il est préférable de ne laisser traîner aucune trace de ce qu'il a écrit pour moi. La découverte de la mort du jeune homme m'émeut à tel point que j'oublie complètement la lettre ; en fouillant ses quelques livres et ses papiers, je ne trouve rien concernant les messages de l'au-delà. Puis je me retourne pour le regarder une dernière fois et lui dédier une pensée. C'est alors que je vois, sur le sol et à moitié sous le lit, une feuille couverte de son écriture incertaine griffonnée au crayon. Je la ramasse et, sainte mère, c'est la lettre ! Je me dépêche de la cacher dans mon sac, avant de me baisser pour embrasser le pauvre jeune homme. Alors seulement, je préviens les gens.

« Bon. Je pleure le pauvre jeune homme comme si c'était mon fils. J'ai une rude journée et m'occupe de tout arranger et d'organiser les funérailles avec la dame qui l'a aidé. Avec tout ce qu'il y a à faire, je ne vais pas voir Mrs Clingsland et ne pense pas à elle, ni ce jour-là ni le suivant. Le surlendemain, je reçois un message plein d'inquiétude, me demandant ce qui se passe, me disant qu'elle est très malade et que je dois venir très vite, même si j'ai beaucoup à faire.

« Je ne crois pas plus que ça à cette maladie. J'ai trop côtoyé les riches pour ne pas connaître à fond leurs peurs et leurs histoires. Mais je sais que Mrs Clingsland brûle de découvrir si j'ai obtenu la lettre. Ma seule chance de conserver mon emprise sur elle est d'avoir la lettre dans mon sac en retournant la voir. Si je perds mon pouvoir, je sais que des mains serviles attendent dans l'ombre le moment de l'abattre.

« Bon. J'ai tant de mal à copier la lettre que je fais à peine attention à ce qu'elle contient. Je n'y pense que pour me demander si les phrases ne sont pas trop simples et si elle ne doit pas comporter davantage de mots longs, puisqu'elle est adressée par un homme du monde à la dame de son cœur. De fil en aiguille, je ne me sens pas très à l'aise en me présentant chez Mrs Clingsland. Si jamais j'ai souhaité être débarrassée d'une tâche dangereuse, je peux te dire, ma petite, que c'est en cette occasion...

« Je monte dans la chambre de la pauvre femme et la trouve au lit, agitée, les yeux brillants et le visage envahi par les rides que j'ai tant travaillé à effacer. En la voyant, mon cœur se radoucit. Après tout, me dis-je, ces gens-là ne savent pas ce que sont les ennuis véritables, mais ils ont réussi à fabriquer quelque chose qui y ressemble tant que c'est presque aussi difficile à supporter que les vrais.

« “Eh bien, dit-elle fiévreusement, eh bien, Cora... la lettre. M’avez-vous apporté la lettre ?”

« Je la sors de mon sac et la lui tends. Puis je m’assois et attends, la mort dans l’âme. J’attends longtemps, en évitant de la regarder ; on ne peut pas dévisager une dame qui lit un message de son bien-aimé, non ?

« J’attends longtemps ; elle doit lire la lettre très lentement, puis la relire. À un moment, elle pousse un soupir, à peine perceptible, et elle dit : “Oh ! Harry, non, non... vous êtes fou...”, ce qui me fait rire tout bas. Ensuite, elle reste silencieuse si longtemps que je finis par tourner la tête et la regarder à la dérobée. Elle est étendue, sa chevelure répandue sur les oreillers, la lettre serrée dans ses mains et le visage aussi lisse que quand je l’ai connue, des années auparavant. Oui... ces quelques mots ont eu plus d’effet que tous mes efforts.

« “Alors... ? lui demandé-je avec un petit sourire.

« — Oh ! Cora... il m’a enfin parlé, vraiment parlé.” Les larmes roulent sur ses joues rajeunies.

« Je peux à peine retenir les miennes, tant j’ai le cœur léger.

« “À présent, madame, vous allez me croire, j’espère ?

« — J’étais folle d’avoir le moindre doute,

Cora...” Elle pose la lettre sur son sein et la glisse dans les dentelles. “Comment avez-vous fait pour vous la procurer, mon amie, ma chérie ?”

« Mon Dieu, me dis-je, que faire si elle m’en demande une autre du même genre, et une autre encore ? J’attends un peu, puis réponds avec gravité : “Ce n’est vraiment pas chose facile de soutirer par la persuasion une lettre comme ça à un mort, madame.” Soudain, je m’aperçois en tressaillant que j’ai dit la vérité. Je me la suis bien procurée auprès d’un mort.

« “Non, Cora. Je veux bien le croire. Mais cette lettre m’est si précieuse qu’elle va me faire vivre des années. Il faut me dire comment je peux vous récompenser... Un siècle n’y suffirait pas”, me dit-elle.

« Ses paroles me vont droit au cœur, mais tout d’abord je ne sais que répondre. C’était vrai, j’avais mis mon âme en péril, et ça, elle ne pouvait pas m’en dédommager. Mais en même temps, j’avais peut-être sauvé la sienne en la sortant des griffes des charlatans. Toute cette affaire me laissait de plus en plus perplexe. Finalement, j’ai une idée qui me tranquillise.

« “Eh bien, madame, avant-hier, j’étais avec un jeune homme à peu près de l’âge de... de votre Harry ; un pauvre jeune homme malade et couché dans une chambre misérable, qui n’avait ni santé ni espérance. Il m'arrivait parfois de lui rendre visite..."

« Tout émue par la pitié, Mrs Clingsland s'assoit dans son lit. "Oh ! Cora, c'est affreux ! Pourquoi ne m'en avez-vous jamais parlé ? Il faut tout de suite lui louer une pièce plus confortable. Est-ce qu'il voit un médecin ? A-t-il une infirmière ? Vite... donnez-moi mon carnet de chèques !

« — Merci, madame, mais il n'a plus besoin d'infirmière ni de médecin. Il est à présent sous terre." Tout en sachant que j'aurais pu obtenir des sommes colossales, je finis par dire : "Tout ce que je voulais vous demander, c'est un peu d'argent pour faire dire quelques messes pour le repos de son âme... parce qu'il n'y a peut-être personne d'autre pour le faire."

« J'ai eu du mal à lui faire admettre qu'on pouvait faire dire une infinité de messes pour cent dollars. D'une certaine manière, ça m'a toujours soulagée de ne pas lui en avoir demandé plus ce jour-là. J'ai veillé à ce que le père Divott dise les messes et reçoive une bonne partie de l'argent ; il est ainsi devenu une sorte de complice sans le savoir. »

MISS MARY PASK

I

Ce ne fut qu'au printemps suivant que je trouvai le courage de raconter à Mrs Bridgeworth ce qui m'était arrivé à Morgat cette nuit-là.

Il faut dire que Mrs Bridgeworth vivait en Amérique et qu'après la nuit en question je m'attardai plusieurs mois à l'étranger. Non par plaisir, Dieu m'en est témoin, mais à cause d'une dépression nerveuse, conséquence, semble-t-il, d'une reprise prématurée de mon travail après mon accès de fièvre en Égypte. Quoi qu'il en soit, si je m'étais trouvé nez à nez avec Grace Bridgeworth, je n'aurais pas pu lui parler de cette histoire, à elle pas plus qu'à quiconque, pas avant d'avoir effectué une cure de repos et d'avoir été remis d'aplomb dans l'un des merveilleux sanatoriums suisses où l'on vous débarrasse de toutes vos impuretés. Je n'aurais pas davantage pu lui écrire, même si ma vie avait été en jeu. Il fallait que les événements de cette nuit soient enfouis sous des couches successives de temps et d'oubli avant que je ne sois en mesure de supporter leur souvenir.

Tout commença le plus simplement du monde, par un brusque réflexe de ma conscience d'homme de la Nouvelle-Angleterre s'exerçant sur une constitution affaiblie. En Bretagne, j'avais passé mon temps à peindre par un temps d'automne agréable mais incertain : un jour le ciel était bleu et argent, le lendemain le vent hurlait ou le brouillard recouvrait tout. À la pointe du Raz, il y a une petite auberge sans confort, blanchie à la chaux, envahie par les touristes l'été, mais qui, à l'automne, devient un endroit solitaire et battu par la mer. C'est là que je m'étais installé pour tenter de peindre les vagues le jour où quelqu'un me dit : « Vous devriez aller au cap quelque chose, après Morgat. »

Je m'y rendis, par un jour bleu et argent. Sur le chemin du retour, le nom de Morgat provoqua une association d'idées imprévue : Morgat... Grace Bridgeworth... la sœur de Grace, Mary Pask... « Vous savez que ma chère Mary possède maintenant une petite maison près de Morgat. Si par hasard vous vous trouvez en Bretagne, allez donc la voir. Elle mène une vie si retirée... cela me fait tellement de peine. »

C'est ainsi que les choses se produisirent. Il y avait des années que je connaissais Mrs Bridgeworth, mais Mary Pask, sa sœur aînée et célibataire, n'était pour moi qu'une vague relation. Je savais que Grace et sa sœur étaient très liées. Le plus grand chagrin de Grace, en épousant mon vieil ami Horace Bridgeworth et en s'installant à New York, avait été que Mary, dont elle ne s'était jusqu'alors jamais séparée, s'attardât en Europe où les deux sœurs voyageaient depuis la mort de leur mère. Je n'ai jamais bien compris pourquoi Mary Pask refusa de rejoindre sa sœur en Amérique. Grace prétendait que son « tempérament d'artiste » en était la cause, mais, connaissant Miss Pask et la nature extrêmement rudimentaire de son intérêt pour l'art, je me demandais si elle n'éprouvait pas plutôt une certaine antipathie envers Horace Bridgeworth. Il existait une troisième possibilité, plus vraisemblable si l'on connaissait Horace : qu'elle aimât trop celui-ci. Toutefois, cela devenait également indéfendable (du moins je le supposais) lorsqu'on connaissait Miss Pask, avec son visage rond et rubicond, ses yeux protubérants et innocents, son appartement de vieille fille décoré de vide-poches artistiques et sa philanthropie diffuse et timide. Qu'elle pût être éprise de Horace... !

Enfin ! Tout cela était assez troublant, ou plutôt l'aurait été à condition de susciter un intérêt suffisant pour qu'on s'y attardât. Ce n'était pas le cas. Mary Pask ressemblait à des centaines d'autres vieilles filles mal fagotées, joyeuses laissées-pour-compte se contentant d'une vie faite d'innombrables petits substituts. Grace elle-même ne m'aurait pas particulièrement intéressé si elle n'avait épousé l'un de mes plus vieux amis et ne s'était montrée gentille avec les relations de celui-ci. C'était une jolie femme, capable, à l'esprit un peu lent, se consacrant tout entière à son mari et ses enfants, dépourvue de la moindre miette d'imagination. Entre son attachement à sa sœur et l'adoration que lui vouait Mary Pask s'était installée la distance inévitable qui sépare les sentiments des individus dont la tendresse reste inutilisée de ceux qui ont satisfait leur besoin d'affection. Cependant, les deux sœurs avaient été liées par une grande intimité avant le mariage de Grace. Celle-ci faisait partie de ces femmes gentilles et consciencieuses qui continuent d'utiliser le vocabulaire de l'attachement pour parler de gens loin desquels elles vivent néanmoins heureuses. Ainsi, lorsqu'elle déclara : « Vous savez que cela fait des années que Mary et moi ne nous sommes pas vues... depuis la naissance de la petite Molly. Si seulement elle était venue en Amérique ! Vous vous rendez compte... Molly a six ans et elle n'a jamais vu sa tante chérie... » Lorsqu'elle prononça ces mots et ajouta : « Si vous allez en Bretagne, promettez-moi de passer voir ma chère Mary», cela toucha en moi les profondeurs obscures où sont contractées les obligations inutiles.

Il arriva donc qu'en cet après-midi bleu et argent, les mots «Morgat... Mary Pask... pour faire plaisir à Grace» firent soudain vibrer mon sens du devoir. Très bien : j'allais jeter quelques affaires dans mon sac, peindre toute la journée, me rendre chez Miss Pask à la tombée du jour et passer la nuit à l'auberge de Morgat. À cette fin, je demandai qu'un véhicule branlant tiré par un cheval m'attendît à l'auberge au retour de ma journée de peinture. Je m'y installai et me mis en route à l'heure où le soleil se couche, à la recherche de Mary Pask...

Aussi soudainement que des mains s'abattant devant nos yeux, le brouillard de mer se referma sur nous. L'instant précédent, nous progressions sur un vaste plateau désert en tournant le dos au soleil couchant qui empourprait la route devant nous. À présent, des ténèbres très denses nous enveloppaient. Personne n'avait été capable de me dire avec précision où habitait Miss Pask, mais je pensais que je l'apprendrais probablement au hameau de pêcheurs où nous tentions de nous rendre. Et j'avais raison... Un vieil homme sur le pas d'une porte dit : «Oui...», après avoir gravi la prochaine côte, il fallait descendre par un chemin qui menait à la mer. La dame américaine qui s'habillait toujours en blanc. Oh, *lui* la connaissait... près de la *baie des Trépassés**.

« Oui, mais comment peut-on être sûr de trouver ? Je ne connais pas cet endroit, grommela avec réticence le garçon qui me conduisait.

— Vous trouverez quand nous arriverons, fis-je observer.

— Oui... et pendant ce temps, le cheval qui s'embourbe ! Je ne peux pas prendre ce risque, monsieur. Je vais avoir des ennuis avec le *patron**. »

En fin de compte, un argument judicieux le persuada de descendre pour guider le cheval qui trébuchait et nous poursuivîmes notre route. Pendant longtemps, nous eûmes l'impression d'avancer en nous traînant à la faible lueur de notre unique lampe dans des ténèbres humides et impénétrables. Cependant, de temps à autre, le voile se levait ou ses plis s'écartaient. Alors, notre pauvre lumière arrachait à la nuit un objet parfaitement ordinaire — une porte blanche, la tête d'une vache ébahie, un tas de pierres au bord de la route — que le fait d'être sorti de son cadre, d'apparaître de manière fantasque devant nos yeux et de disparaître brusquement rendait sinistre et

* En français dans le texte.

irréel. Après chacune de ces manifestations, les ténèbres devenaient trois fois plus épaisses. L'impression que j'avais depuis un certain temps de descendre une pente douce se transforma en sentiment de dévaler dans un précipice. Je sautai en hâte et rejoignis mon jeune cocher devant la voiture.

« Je ne peux pas continuer... je ne veux pas, monsieur ! gémit-il.

— Allons, regardez, il y a de la lumière là-bas... droit devant ! »

Le voile se déchira et nous aperçûmes deux carrés brillant faiblement au milieu d'une masse peu élevée, sans aucun doute la façade d'une maison.

« Emmenez-moi jusque-là... après, vous pourrez partir si vous voulez. »

Le voile redescendit sur nous, mais le garçon avait vu les lumières et repris courage. Il y avait assurément une maison devant nous et ce ne pouvait être que celle de Miss Pask, car il était peu probable qu'une autre se trouvât dans un tel désert. De plus, au hameau, le vieil homme avait dit : « Près de la mer », et les modulations infinies de la voix de l'océan, si familières dans tout le pays breton qu'on en venait à mesurer les distances d'après leur son plutôt qu'en se fiant à ses yeux, m'avaient révélé depuis un certain temps que nous nous dirigions sans doute vers le rivage. Le garçon, qui guidait toujours le cheval, n'émit pas la moindre réponse. Le brouillard, plus dense que jamais, s'était refermé sur nous et notre lampe parvenait à peine à nous montrer les grandes taches rondes d'humidité sur l'arrière-train hirsute du cheval.

Le garçon s'arrêta brusquement. « Il n'y a pas de maison... nous descendons tout droit vers la mer.

— Vous avez pourtant vu la lumière, non ?

— Je l'ai cru. Mais où est-elle maintenant ? Le brouillard se dissipe de nouveau. Regardez... Je distingue des arbres devant nous. Mais il n'y a plus de lumière.

— Les gens sont peut-être allés se coucher, insinuai-je d'une voix enjouée.

— Dans ce cas, ne serait-il pas préférable de faire demi-tour, monsieur ?

— Quoi... à deux pas de la porte ? »

Le garçon garda le silence. Il y avait sûrement une porte devant nous et sans doute, derrière les arbres ruisselants, une habitation quelconque. À moins qu'il n'y eût qu'un champ et la mer... la mer dont j'entendais la voix affamée réclamer sans cesse son dû, tout près, en contrebas. Rien d'étonnant à ce que ce lieu s'appelât la baie des Trépassés ! Qu'est-ce qui avait donc bien pu pousser Mary Pask, si rose et si bienveillante, à venir s'enterrer ici ? Bien entendu, le garçon ne voulait pas m'attendre... Je le savais... la baie des Trépassés, en effet ! L'océan gémissait en contrebas comme s'il nourrissait le temps et que les Furies, ses gardiennes, l'avaient oublié...

La porte, *enfin* ! Je l'avais heurtée de la main. Je tâtonnai à la recherche du loquet, l'ouvris et me frayai un chemin entre les buissons humides vers la maison. Pas la moindre lueur de bougie. Si cette maison était bien celle de Miss Pask, celle-ci se couchait vraiment de bonne heure...

II

La nuit et le brouillard ne faisaient plus qu'un et le voile des ténèbres était devenu aussi épais qu'un manteau. Je cherchai en vain la cloche. Enfin, je mis la main sur un heurtoir et le soulevai. Le fracas qu'il fit en retombant se répercuta longtemps dans le silence, mais durant une ou deux minutes rien d'autre ne se produisit.

« Il n'y a personne, je vous dis ! » cria le garçon de la porte.

Pourtant si. Je n'avais pas entendu de bruit de pas à l'intérieur, mais bientôt on tira un verrou et une vieille femme portant une coiffe de paysanne sortit la tête. Elle avait posé sa bougie sur une table derrière elle et son visage, auréolé d'ailes de dentelle, était dans l'ombre. Je savais toutefois qu'elle était vieille à cause de ses épaules voûtées et de ses gestes maladroits. La lumière de la bougie, qui la rendait invisible, éclairait en plein mon visage et elle me regarda.

« C'est la maison de Miss Pask ?

— Oui monsieur. » Sa voix — celle d'une très vieille femme — était assez agréable, dépourvue de surprise, voire amicale.

« Je vais la prévenir, ajouta-t-elle, tandis qu'elle s'éloignait en traînant les pieds.

— Pensez-vous qu'elle me recevra ? lançai-je dans son dos.

— Oh, pourquoi pas ? Quelle idée ! » dit-elle presque en gloussant. Je vis qu'elle était enveloppée dans un châle et portait un parapluie en coton sous le bras. Manifestement, elle était sur le point de sortir, peut-être afin de rentrer chez elle pour la nuit. Je me demandai si Mary Pask vivait complètement seule dans son ermitage.

La vieille femme disparut avec la bougie et je me retrouvai dans une complète obscurité. Au bout d'un moment, j'entendis une porte se refermer à l'arrière de la maison, puis les pas lents et pesants d'une femme âgée portant des sabots sur les dalles dehors. Elle avait de toute évidence ramassé ses sabots dans la cuisine et quitté la maison. Je me demandai si elle avait signalé ma présence à Miss Pask avant de partir, ou si elle m'avait simplement planté là, victime d'une farce sinistre de son cru. On n'entendait assurément pas le moindre son à l'intérieur. Le bruit de pas décrut, je perçus l'ouverture d'une porte, puis un silence total se referma de nouveau sur moi, comme le brouillard.

« Je me demande... », me dis-je en moi-même, et à cet instant un souvenir enfoui au fond de ma mémoire alanguie refit soudain surface.

« Mais elle est *morte...* Mary Pask est *morte* ! » Dans ma stupeur, je criai presque.

Ma mémoire me jouait des tours vraiment incroyables depuis mon accès de fièvre ! J'avais appris près d'un an auparavant le décès de Mary Pask — survenu brusquement l'automne précédent — et j'avais eu beau penser à elle presque sans arrêt ces deux ou trois derniers jours, le souvenir oublié de sa mort ne remontait à ma conscience qu'à présent.

Elle était morte ! N'avais-je pas trouvé Grace Bridgeworth en larmes et vêtue de crêpe le jour même où j'étais allé lui dire adieu avant de prendre le bateau pour l'Égypte ? Ne m'avait-elle pas mis le câble sous les yeux, tandis que les siens ruisselaient de larmes pendant que je lisais : « *Sœur décédée brusquement ce matin demande enterrement dans jardin détails par lettre* », et la signature du consul américain à Brest, un ami de Bridgeworth si mes souvenirs étaient bons ? Je voyais les mots exacts du message qui s'imprimaient dans l'obscurité devant moi.

Debout dans le noir, j'étais bien plus perturbé

par la découverte de mon trou de mémoire que par le fait d'être seul dans une maison où il faisait noir comme dans un four, vide ou occupée par des étrangers. J'avais déjà remarqué une fois, récemment, cette disparition singulière et momentanée d'un fait bien connu, et voilà que cela recommençait. Décidément, je n'étais pas aussi bien remis de ma maladie que le prétendaient les médecins... Eh bien, il ne me restait plus qu'à retourner à Morgat et à rester au lit un jour ou deux sans rien faire sinon manger et dormir...

J'étais à tel point plongé dans mes pensées que j'avais perdu mes repères et ne me rappelais plus où se trouvait la porte. Je fouillai mes poches l'une après l'autre à la recherche d'une allumette, mais les médecins m'ayant fait abandonner le tabac, je n'avais pas de raison d'en avoir sur moi.

Le fait de ne pas trouver d'allumette accrut mon sentiment d'impuissance et mon irritation ; j'avançais à tâtons, maladroitement, dans le vestibule, me heurtant aux angles de meubles invisibles, lorsqu'une lumière éclaira en biais le mur crépi de l'escalier. Je cherchai d'où elle provenait et, sur le palier au-dessus de moi, je vis une silhouette vêtue de blanc qui protégeait une bougie d'une main et regardait en bas. Un frisson courut le long de mon dos : la silhouette ressemblait étrangement à celle de Mary Pask, telle que je l'avais connue.

« Oh, c'est *vous* ! » s'exclama-t-elle en babillant d'une voix fêlée, semblable tantôt au chevrotement d'une vieille femme, tantôt à la voix de fausset d'un jeune garçon. Elle descendit en traînant les pieds, dans ses vêtements blancs et bouffants, maladroite et oscillant selon son habitude, mais je remarquai que ses pas sur les marches de bois étaient parfaitement silencieux. Rien d'étonnant à cela... naturellement.

J'étais là sans dire un mot, contemplant l'étrange apparition au-dessus de moi et me disant : « Il n'y a rien, pas la moindre présence. C'est un problème de digestion, de vision ou quelque chose quelque part qui ne tourne pas rond... »

Toutefois, la bougie était réelle. Tandis que sa lumière s'approchait et éclairait l'endroit où je me trouvais, je me retournai pour saisir le loquet de la porte. Car, souvenez-vous, j'avais lu le câble et vu Grace vêtue de crêpe.

« Allons, que se passe-t-il ? Je vous assure que vous ne me dérangez pas ! » gazouilla la silhouette habillée de blanc, et elle ajouta avec un petit rire : « Les visiteurs ne sont pas si nombreux ces temps-ci... »

Elle avait atteint le vestibule et se tenait devant moi. Elle levait sa bougie en tremblant et me dévisageait. « Vous n'avez pas changé... pas autant que je l'aurais cru. Moi si, n'est-ce pas ? » Elle me suppliait avec un nouveau petit rire. Soudain, elle posa la main sur mon bras. Je baissai les yeux sur celle-ci et pensai en moi-même : « *Voilà* qui ne peut me tromper. »

J'ai toujours prêté attention aux mains. La clé d'un caractère que d'autres recherchent dans les yeux, la bouche, le modelé du crâne, je la trouve pour ma part dans la courbure des ongles, la forme du bout des doigts, la manière dont la paume, rose ou cireuse, lisse ou ridée, se gonfle à partir de sa base. J'avais un souvenir précis de la main de Mary Pask, car elle constituait vraiment une caricature du personnage : ronde, bouffie, rose et pourtant prématurément vieillie et inutile. Et voilà qu'elle reposait sur ma manche, indubitablement, mais changée et flétrie... un peu comme un de ces pâles champignons parsemés de taches que le moindre frôlement réduit en poussière... Tiens... en poussière ? Bien entendu...

Je regardai les doigts doux et ridés avec leurs absurdes petites extrémités ovales, auparavant d'un rose si innocent et si naturel et à présent bleuies sous les ongles jaunâtres... et la peur me donna la chair de poule.

« Entrez, entrez », dit-elle d'une voix flûtée en penchant sa tête ébouriffée de côté et en roulant ses yeux bleus globuleux dans ma direction. Le plus horrible était qu'elle continuait à pratiquer les mêmes arts, tous les artifices puérils d'une coquetterie maladroite et débridée. Je sentis qu'elle me tirait par la manche et, tel un câble d'acier, m'entraînait dans son sillage.

La pièce dans laquelle elle me conduisit était... eh bien, « inchangée » est le terme qu'on emploie en général dans des cas semblables. En principe, après le décès de quelqu'un, ses affaires sont rangées, les meubles vendus et les souvenirs expédiés à la famille. Une sorte de piété morbide (ou peut-être les instructions de Grace) avait conservé à cette pièce l'apparence exacte qu'elle devait avoir, à mon avis, du vivant de Miss Pask. Je n'étais pas d'humeur à relever les détails, mais dans la faible lueur vacillante de la bougie qu'elle tenait, j'eus à demi conscience que des coussins en désordre, des pots de cuivre épars et un vase d'où surgissait la branche fanée d'un arbuste à la floraison tardive se trouvaient dans la pièce. Un intérieur tout à fait à l'image de Mary Pask !

La silhouette blanche se dirigea comme un spectre vers la cheminée, alluma deux autres bougies et plaça la troisième sur une table. Je ne m'étais jamais considéré comme quelqu'un de superstitieux... mais ces trois bougies ! Me rendant à peine compte de ce que je faisais, je me penchai en hâte pour en souffler une. Son rire tinta derrière moi.

« Trois bougies... vous faites encore attention à ce genre de choses ? J'ai dépassé tout cela, voyez-vous, gloussa-t-elle, c'est un tel soulagement... une telle impression de liberté... » Un nouveau frisson vint rejoindre ceux qui me parcouraient déjà.

« Venez vous asseoir près de moi », implora-t-elle en se laissant tomber sur un canapé. « Cela fait si longtemps que je n'ai pas vu quelqu'un de vivant ! »

Les termes qu'elle employait étaient certes étranges et, tandis qu'elle s'adossait au canapé blanc et glissant et me faisait signe de l'une de ces mains censée être sous terre, j'eus envie de me détourner et de m'enfuir. Cependant, son visage vieilli, oscillant dans la lumière des bougies, ses joues anormalement rouges comme des pommes vernies et ses yeux bleus noyés de bonté confuse semblaient s'opposer à ma lâcheté pour me rappeler que, morte ou vive, Mary Pask était incapable de faire du mal à une mouche.

« Asseyez-vous donc ! » répéta-t-elle, et je m'installai à l'autre extrémité du canapé.

« C'est tellement gentil à vous... Je suppose que Grace vous a demandé de venir ? » Elle rit de nouveau ; sa conversation avait toujours été ponctuée de rires décousus. « C'est un événement... vraiment ! J'ai eu si peu de visiteurs depuis ma mort, voyez-vous. »

J'eus l'impression de recevoir un nouveau seau d'eau froide, mais je la regardai résolument et une fois de plus je fus désarmé par l'innocence de son visage.

Je m'éclaircis la voix et parlai... au prix d'un immense effort qui me laissa pantelant, comme si j'avais soulevé une pierre tombale. « Vous vivez seule ici ? proférai-je enfin.

— Ah, je suis contente d'entendre le son de votre voix... Je me souviens encore des voix, bien que j'en entende si peu, murmura-t-elle, rêveuse. Oui... je vis seule ici. La vieille femme que vous avez vue s'en va le soir. Elle ne veut pas rester une fois la nuit tombée... elle dit qu'elle ne peut pas. Vous ne trouvez pas ça drôle ? Mais c'est sans importance. J'aime la nuit. » Elle se pencha vers moi, un de ses sourires intempestifs aux lèvres. « Les morts s'y habituent tout naturellement », dit-elle.

Une fois de plus, je m'éclaircis la voix, mais aucun son ne sortit.

Elle continuait à me regarder en clignant des yeux d'un air de confidence. « Et Grace ? Parlez-moi de ma chérie. J'aurais aimé la revoir... rien qu'une fois. » Son rire éclata, tout à fait saugrenu.

« Lorsqu'elle a appris ma mort... étiez-vous avec elle ? A-t-elle été véritablement bouleversée ? »

Je sautai maladroitement sur mes pieds et émis un balbutiement sans suite. J'étais incapable de répondre... de continuer à la regarder.

« Ah, je vois... c'est trop douloureux », acquiesça-t-elle, les yeux prêts à déborder. Elle détourna la tête en tremblant.

« Mais après tout... son chagrin me fait plaisir... Je mourais d'envie d'entendre cela et je n'osais espérer que quelqu'un me le dirait. Grace oublie... » Elle se leva également et virevolta dans la pièce, se rapprochant toujours plus de la porte de sa démarche oscillante.

« Dieu soit loué, elle s'en va », pensai-je.

« Connaissez-vous cet endroit dans la journée ? » demanda-t-elle tout à coup.

Je secouai la tête.

« C'est splendide. Mais vous me m'y auriez pas trouvée. Il vous aurait fallu choisir entre moi et le paysage. En effet, je dors tout le jour. Je venais de me réveiller quand vous êtes arrivé. » Elle me sourit d'un air de plus en plus confiant. « Savez-vous où je dors en général ? Là, en bas... dans le jardin ! » Son rire strident résonna de nouveau. « Tout en bas, il y a un coin ombragé où le soleil ne vient jamais me déranger. Il m'arrive d'y dormir jusqu'à ce que les étoiles apparaissent. »

La phrase concernant le jardin dans le câble du consul me revint en mémoire et je me dis : « Après tout, son sort n'est pas si triste. Je me demande si elle n'est pas plus heureuse que de son vivant. »

C'était peut-être le cas... Quant à moi, j'étais sûr de ne pas l'être en sa compagnie. Sa façon d'avancer de biais vers la porte me donna le désir impérieux d'atteindre celle-ci avant elle. Dans un élan de couardise, je me précipitai devant elle... mais une seconde plus tard, elle tenait le loquet et s'appuyait contre les panneaux, ses vêtements blancs flottant autour d'elle comme un suaire. Elle inclina légèrement la tête de côté et me regarda sous ses paupières dépourvues de cils.

« Vous n'allez pas partir ? » me reprocha-t-elle.

En vain, je cherchai ma voix et fis signe en silence que c'était mon intention.

« Vous allez partir... partir vraiment ? » Ses yeux étaient toujours fixés sur moi et j'y vis deux larmes qui se préparaient à couler sur ses pommettes rouges et brillantes. « Oh ! il ne faut pas, je suis si seule... », dit-elle doucement.

Je balbutiai des mots incompréhensibles, les yeux sur sa main aux ongles bleuis qui tenait le loquet. Soudain, la fenêtre derrière nous s'ouvrit avec fracas et une rafale de vent venue des ténèbres s'engouffra dans la maison et souffla la bougie posée sur le coin le plus proche de la cheminée.

Inquiet, je jetai un regard en arrière pour voir si l'autre bougie s'éteignait aussi.

« Vous n'aimez pas le bruit du vent ? Moi si. Je n'ai que lui à qui parler. Les gens ne m'aiment pas beaucoup depuis que je suis morte. Étrange, n'est-ce pas ? Les paysans sont tellement superstitieux. Il m'arrive de me sentir vraiment seule... » Sa voix se brisa dans un ultime effort pour rire et elle se dirigea vers moi en oscillant, une main toujours sur le loquet.

« Seule, seule ! Si vous *saviez* à quel point je me sens seule ! Je vous ai menti en vous disant que cela m'était égal ! Voilà que vous venez, votre visage semble amical... et vous dites que vous allez me quitter ! Non, non, non... ce n'est pas vrai ! Ou alors, pourquoi êtes-vous venu ? C'est trop cruel... Je croyais savoir ce qu'était la solitude... après le mariage de Grace, vous comprenez. Grace avait l'impression qu'elle pensait tout le temps à moi, mais elle se trompait. Elle m'appelait “chérie”, mais elle pensait sans arrêt à son mari et à ses enfants. C'est alors que je me suis dit : “Je ne serais pas plus seule si j'étais morte.” Mais à présent je sais que c'est faux... Je n'ai jamais connu de solitude comme celle de l'année dernière... jamais ! Parfois je m'assois ici et je me dis : “Si un homme venait un jour et se prenait d'affection pour moi ?” » Elle émit un nouveau gloussement chevrotant. « Vous savez, cela s'est déjà produit, même une fois la jeunesse envolée... un homme qui avait eu des problèmes, lui aussi. Mais personne n'est venu jusqu'à ce soir... et à présent vous dites que vous partez ! » Brusquement, elle s'élança vers moi. « Oh ! restez avec moi, restez avec moi... juste cette nuit... C'est si agréable et si calme ici... Personne n'a besoin de le savoir... personne ne viendra nous déranger. »

J'aurais dû fermer la fenêtre après la première rafale. J'aurais dû savoir qu'une autre, plus violente, suivrait bientôt. Elle arriva, fit claquer la fenêtre treillissée aux gonds mal ajustés, emplit la pièce du bruit de la mer et de volutes de brouillard humide et jeta par terre l'autre bougie. La lumière s'éteignit. J'étais debout — nous étions debout, étrangers l'un à l'autre dans l'obscurité qui s'enroulait autour de nous en grondant. Je crus que mon cœur s'arrêtait de battre ; je haletais pour reprendre mon souffle et l'effort m'inonda de sueur. La porte... la porte... je savais pourtant que j'étais face à elle lorsque la bougie s'était éteinte. Quelque chose de blanc et de fantomatique parut se dissoudre et se chiffonner devant moi dans la nuit. Évitant l'endroit où cela s'était évanoui, je décrivis un large cercle autour en trébuchant, me pris le pied dans une écharpe ou une manche dénouée et invisible, et me libérai d'une secousse de ce dernier obstacle. Je réussis à ouvrir la porte. Dans le vestibule, j'entendis un gémissement venant des ténèbres derrière moi, mais je poursuivis tant bien que mal mon chemin vers la porte d'entrée, l'ouvris et sortis en trombe dans la nuit. Je claquai la porte sur cette pitoyable plainte. Le brouillard et le vent m'entourèrent de leurs bras apaisants.

III

Lorsque je me sentis assez bien pour oser repenser à tout cela, je me rendis compte qu'il suffisait que j'y songe un tout petit peu pour que la fièvre apparaisse et que mon cœur cogne dans ma poitrine. Rien à faire... j'étais tout simplement incapable de supporter cette idée... car j'avais vu Grace Bridgeworth vêtue de crêpe, pleurant à la lecture du câble, et pourtant j'avais parlé à sa sœur, assis sur le même canapé qu'elle... à sa sœur qui était morte un an auparavant.

C'était un cercle vicieux, je n'arrivais pas à en sortir. L'explication aurait pu se trouver dans le fait que la fièvre m'obligea à m'aliter le lendemain matin. Cependant, je ne pouvais échapper à la réalité tenace de l'apparition. Et si j'avais réellement parlé à un fantôme et non à une simple hallucination due à ma fièvre ? Et si quelque chose de Mary Pask survivait... assez pour me crier la solitude indicible d'une vie, pour exprimer enfin ce que, de son vivant, elle avait toujours dû taire et cacher ? Cette pensée m'émut étrangement... dans ma faiblesse, j'en pleurai. Je me dis qu'il existait des quantités de femmes comme elle et que peut-être, après leur mort, si une chance se présentait, elles essayaient de la saisir... D'anciennes légendes me revinrent à l'esprit : l'épouse de Corinthe, le vampire du moyen âge..., mais quel nom attribuer à l'image plaintive de Mary Pask ?

Mon esprit affaibli errait au milieu de ces apparitions et de ces conjectures et, plus je vivais avec elles, plus j'étais convaincu que quelque chose *qui avait été Mary Pask* m'avait parlé cette nuit-là... Je pris la décision, lorsque je serais de nouveau sur pied, de retourner là-bas (en plein jour cette fois), de trouver la tombe dans le jardin — ce « coin ombragé où le soleil ne vient jamais me déranger » —, et d'apaiser le pauvre fantôme avec quelques fleurs. Toutefois, les médecins en décidèrent autrement, et ma volonté diminuée les y encouragea peut-être inconsciemment. Quoi qu'il en soit, je cédai devant leur insistance à me conduire directement de mon hôtel au train pour Paris, puis à m'expédier, comme une vulgaire valise, dans un sanatorium suisse auquel ils avaient pensé pour moi. Bien entendu, j'avais l'intention de revenir une fois rétabli... En attendant, toujours plus tendrement, mais par intermittence maintenant, de mes montagnes enneigées je revenais en pensée à cet endroit au-dessus de la baie des Trépassés, par cette nuit d'automne remplie de gémissements, et à la vision de Mary Pask qui m'avait semblé tellement plus réelle que de son vivant.

IV

Après tout, pourquoi parler de tout cela à Grace Bridgeworth ? J'avais entrevu des choses qui ne la regardaient pas du tout. Si cette vision m'avait été octroyée, ne devais-je pas l'enfouir dans les profondeurs insondables où reposent l'inexplicable et l'inoubliable ? D'autre part, quel intérêt une femme comme Grace trouverait-elle à une histoire qu'elle ne pouvait ni croire ni comprendre ? Elle me classerait simplement parmi les gens « bizarres »... et elle ne serait malheureusement pas la première. Lorsque, enfin, je rentrai à New York, j'avais pour premier objectif de convaincre tout le monde que j'avais pleinement recouvré ma santé mentale et physique, et ma rencontre avec Mary Pask ne semblait pas cadrer avec ce projet. Tout bien considéré, il était préférable que je tinsse ma langue.

Cependant, au bout d'un certain temps, l'idée de la tombe commença à me préoccuper. Je me demandais si Grace y avait jamais fait installer une pierre tombale convenable. L'aspect étrangement négligé de la maison me fit penser qu'elle n'avait peut-être rien fait... qu'elle avait écarté le sujet dans son ensemble, sous prétexte de s'en occuper la prochaine fois qu'elle se rendrait à l'étranger. J'entendais le pauvre fantôme dire d'une voix chevrotante : « Grace oublie »... Non, décidément, il n'y avait rien de mal à poser (avec tact) une simple question sur l'entretien de la tombe, d'autant plus que je commençais à me reprocher de ne pas être retourné voir de mes propres yeux l'état dans lequel elle se trouvait...

Grace et Horace m'accueillirent avec leur cordialité habituelle, et je pris vite le pli de venir à l'improviste chez eux pour partager leur repas lorsque je pensais les trouver seuls. Néanmoins, l'occasion ne se présenta pas tout de suite : il me fallut attendre quelques semaines. Un soir — Horace dînait en ville et j'étais seul avec Grace —, mes yeux tombèrent sur une photographie de sa sœur, une vieille photographie fanée qui semblait affronter mon regard avec reproche.

« À propos, Grace, commençai-je avec un geste brusque, je ne crois pas vous avoir raconté que je me suis rendu à la petite maison de... de votre sœur la veille du jour où j'ai fait cette mauvaise rechute. »

Immédiatement, l'émotion éclaira son visage. « Non, vous ne m'en avez jamais parlé. Comme c'était gentil d'y aller ! » Les larmes toutes prêtes jaillirent de ses yeux. « Cela me fait *tellement* plaisir. » Elle baissa la voix et ajouta doucement : « L'avez-vous vue ? »

Cette question réveilla mes anciens frissons. Je regardai avec étonnement le visage rebondi de Mrs Bridgeworth qui me souriait à travers un voile de larmes d'où la douleur était absente. « Je me fais de plus en plus de reproches au sujet de ma chère Mary, ajouta-t-elle d'une voix vibrante. Mais dites-moi... racontez-moi tout. »

J'avais la gorge nouée. Je me sentais à peu près aussi à l'aise qu'en présence de Mary Pask. Pourtant, je n'avais jamais rien remarqué d'inquiétant chez Grace Bridgeworth auparavant. J'obligeai ma voix à franchir mes lèvres.

« Tout ? Oh ! je ne peux pas..., dis-je en tentant de sourire.

— Mais vous l'avez vue ? »

Toujours en souriant, je parvins à faire signe que oui.

Son visage devint soudain hagard... oui, hagard ! « Le changement était si épouvantable que vous ne pouvez pas en parler ? Dites-moi... c'est cela ? »

Je secouai la tête. Après tout, c'était l'aspect

insignifiant du changement qui m'avait bouleversé… le fait que, en fin de compte, entre la vie et la mort il semblait y avoir si peu de différence, à l'exception d'une mystérieuse intensification de la réalité. Pendant ce temps, les yeux de Grace m'observaient avec insistance.

« Vous devez tout me raconter, répéta-t-elle. Je sais bien que j'aurais dû y aller depuis longtemps…

— Oui, c'est peut-être vrai, dis-je en hésitant. Pour vous occuper de la tombe, tout au moins… »

Elle était assise sans parler, les yeux toujours posés sur moi. Elle ne pleurait plus, mais la sollicitude de son regard se transforma peu à peu en quelque chose qui ressemblait à de la terreur. En hésitant, presque à regret, elle étendit la main et la posa un instant sur la mienne. « Mon cher ami…, commença-t-elle.

— Malheureusement, l'interrompis-je, je n'ai pas pu y retourner moi-même pour voir la tombe… car je suis tombé malade le lendemain.

— Oui, oui, bien sûr, je sais. » Elle hésita. « Êtes-vous bien *certain* d'être allé là-bas ? demanda-t-elle tout à coup.

— Certain ? Grand Dieu !… » C'était mon tour de la dévisager. « Me soupçonnez-vous de n'être pas encore tout à fait remis ? insinuai-je avec un rire gêné.

— Non, non... bien sûr que non... mais je ne comprends pas.

— Qu'est-ce que vous ne comprenez pas ? Je suis entré dans la maison... à dire vrai, j'ai tout vu, *sauf* sa tombe...

— Sa tombe ? » Grace se leva d'un bond, les mains jointes sur la poitrine, et se précipita loin de moi. Elle était debout à l'autre extrémité de la pièce et me regardait. Puis elle s'approcha lentement.

« Voyons, après tout... je me demande... » Elle ne me quittait pas des yeux, à la fois craintive et rassurée. « Se pourrait-il simplement que vous n'ayez jamais su ?

— Jamais su quoi ?

— Mais c'était dans tous les journaux ! Vous ne les lisez donc jamais ? J'avais l'intention de vous écrire... je croyais vous avoir écrit... et je me suis dit : "De toute manière, il le verra dans les journaux"... Vous savez bien que je suis toujours très paresseuse quand il s'agit d'écrire...

— Qu'est-ce que j'aurais dû voir dans les journaux ?

— Eh bien, qu'elle n'était *pas* morte... Elle n'est pas morte ! Il n'y a pas de tombe, mon cher ! Ce n'était qu'une transe cataleptique... un cas exceptionnel, d'après les médecins... Elle ne vous l'a donc pas raconté... vous prétendez pourtant l'avoir vue ? » Elle éclata d'un rire à demi hystérique : « Elle vous a sûrement dit qu'elle n'était pas morte !

— Non, elle ne me l'a pas dit », répondis-je lentement.

Nous parlâmes longtemps de cette histoire, jusqu'à ce que Horace rentrât de son dîner entre hommes, à minuit passé. Grace tenait à explorer le sujet sous tous ses aspects. Comme elle le répétait sans cesse, c'était certainement la seule et unique fois qu'on avait parlé de la pauvre Mary dans les journaux. Cependant, tout en restant patiemment assis à l'écouter, je n'arrivais pas à éprouver un réel intérêt pour ce qu'elle disait. J'avais le sentiment que je ne pourrais jamais plus m'intéresser à Mary Pask, ou à quoi que ce fût qui la concernait.

COLLECTION FOLIO 2€

Dernières parutions

4443. James Crumley — *Tout le monde peut écrire une chanson triste* et autres nouvelles
4444. Fumio Niwa — *L'âge des méchancetés*
4445. William Golding — *L'envoyé extraordinaire*
4446. Pierre Loti — *Les trois dames de la kasbah* suivi de *Suleïma*
4447. Marc Aurèle — *Pensées. Livres I-VI*
4448. Jean Rhys — *À septembre, Petronella* suivi de *Qu'ils appellent ça du jazz*
4449. Gertrude Stein — *La brave Anna*
4450. Voltaire — *Le monde comme il va* et autres contes
4482. Régine Detambel — *Petit éloge de la peau*
4483. Caryl Férey — *Petit éloge de l'excès*
4484. Jean-Marie Laclavetine — *Petit éloge du temps présent*
4485. Richard Millet — *Petit éloge d'un solitaire*
4486. Boualem Sansal — *Petit éloge de la mémoire*
4518. Renée Vivien — *La dame à la louve*
4519. Madame Campan — *Mémoires sur la vie privée de Marie-Antoinette. Extraits*
4520. Madame de Genlis — *La femme auteur*
4521. Elsa Triolet — *Les amants d'Avignon*
4522. George Sand — *Pauline*
4549. Amaru — *La centurie. Poèmes amoureux de l'Inde ancienne*
4550. Collectif — *«Mon cher papa...» Des écrivains et leur père*
4551. Joris-Karl Huysmans — *Sac au dos suivi d'À vau l'eau*
4552. Marc Aurèle — *Pensées. livres VII-XII*
4553. Valery Larbaud — *Mon plus secret conseil...*
4554. Henry Miller — *Lire aux cabinets* précédé d'*Ils étaient vivants et ils m'ont parlé*

4555. Alfred de Musset — *Emmeline* suivi de *Croisilles*
4556. Irène Némirovsky — *Ida* suivi de *La comédie bourgeoise*
4557. Rainer Maria Rilke — *Au fil de la vie. Nouvelles et esquisses*
4558. Edgar Allan Poe — *Petite discussion avec une momie* et autres histoires extraordinaires
4596. Michel Embareck — *Le temps des citrons*
4597. David Shahar — *La moustache du pape* et autres nouvelles
4598. Mark Twain — *Un majestueux fossile littéraire* et autres nouvelles
4618. Stéphane Audeguy — *Petit éloge de la douceur*
4619. Éric Fottorino — *Petit éloge de la bicyclette*
4620. Valentine Goby — *Petit éloge des grandes villes*
4621. Gaëlle Obiégly — *Petit éloge de la jalousie*
4622. Pierre Pelot — *Petit éloge de l'enfance*
4639. Benjamin Constant — *Le cahier rouge*
4640. Carlos Fuentes — *La Desdichada*
4641. Richard Wright — *L'homme qui a vu l'inondation* suivi de *Là-bas, près de la rivière*
4665. Cicéron — *«Le bonheur dépend de l'âme seule». Livre V des «Tusculanes»*
4666. Collectif — *Le pavillon des parfums-réunis* et autres nouvelles chinoises des Ming
4667. Thomas Day — *L'automate de Nuremberg*
4668. Lafcadio Hearn — *Ma première journée en Orient* suivi de *Kizuki, le sanctuaire le plus ancien du Japon*
4669. Simone de Beauvoir — *La femme indépendante*
4670. Rudyard Kipling — *Une vie gaspillée* et autres nouvelles
4671. D.H. Lawrence — *L'épine dans la chair* et autres nouvelles
4672. Luigi Pirandello — *Eau amère* et autres nouvelles
4673. Jules Verne — *Les révoltés de la Bounty* suivi de *Maître Zacharius*

4674. Anne Wiazemsky	*L'île*
4708. Isabelle de Charrière	*Sir Walter Finch et son fils William*
4709. Madame d'Aulnoy	*La princesse Belle Étoile et le prince Chéri*
4710. Isabelle Eberhardt	*Amours nomades. Nouvelles choisies*
4711. Flora Tristan	*Promenades dans Londres. Extraits*
4737. Joseph Conrad	*Le retour*
4738. Roald Dahl	*Le chien de Claude*
4739. Fiodor Dostoïevski	*La femme d'un autre et le mari sous le lit. Une aventure peu ordinaire*
4740. Ernest Hemingway	*La capitale du monde* suivi de *L,heure triomphale de Francis Macomber*
4741. H. P. Lovecraft	*Celui qui chuchotait dans les ténèbres*
4742. Gérard de Nerval	*Pandora* et autres nouvelles
4743. Juan Carlos Onetti	*À une tombe anonyme*
4744. Robert Louis Stevenson	*La chaussée des Merry Men*
4745. Henry David Thoreau	*«Je vivais seul dans les bois»*
4746. Michel Tournier	*L'aire du muguet* précédé de *La jeune fille et la mort*
4781. Collectif	*Sur le zinc. Au café des écrivains*
4782. Francis Scott Fitzgerald	*L'étrange histoire de Benjamin Button* suivi de *La lie du bonheur*
4783. Lao She	*Le nouvel inspecteur* suivi de *le croissant de lune*
4784. Guy de Maupassant	*Apparition* et autres contes de l'étrange
4785. D.A.F. de Sade	*Eugénie de Franval. Nouvelle tragique*
4786. Patrick Amine	*Petit éloge de la colère*
4787. Élisabeth Barillé	*Petit éloge du sensible*
4788. Didier Daeninckx	*Petit éloge des faits divers*
4789. Nathalie Kuperman	*Petit éloge de la haine*
4790. Marcel Proust	*La fin de la jalousie* et autres nouvelles
4839. Julian Barnes	*À jamais* et autres nouvelles
4840. John Cheever	*Une américaine instruite* précédé d'*Adieu, mon frère*
4841. Collectif	*«Que je vous aime, que je t'aime!» Les plus belles déclarations d,amour*

4842. André Gide *Souvenirs de la cour d'assises*

4843. Jean Giono *Notes sur l'affaire Dominici* suivi d'*Essai sur le caractère des personnages*

4844. Jean de La Fontaine *Comment l'esprit vient aux filles* et autres contes libertins

4845. Yukio Mishima *Papillon* suivi de *La lionne*

4846. John Steinbeck *Le meurtre* et autres nouvelles

4847. Anton Tchekhov *Un royaume de femmes* suivi de *De l'amour*

4848. Voltaire *L'Affaire du chevalier de La Barre* précédé de *L,Affaire Lally*

4875. Marie d'Agoult *Premières années (1806-1827)*

4876. Madame de Lafayette *Histoire de la princesse de Montpensier* et autres nouvelles

4877. Madame Riccoboni *Histoire de M. le marquis de Cressy*

4878. Madame de Sévigné *«Je vous écris tous les jours...» Premières lettres à sa fille*

4879. Madame de Staël *Trois nouvelles*

4911. Karen Blixen *Saison à Copenhague*

4912. Julio Cortázar *La porte condamnée* et autres nouvelles fantastiques

4913. Mircea Eliade *Incognito à Buchenwald...* précédé d'*Adieu!...*

4914. Romain Gary *Les Trésors de la mer Rouge*

4915. Aldous Huxley *Le jeune Archimède* précédé de *Les Claxton*

4916. Régis Jauffret *Ce que c'est que l'amour* et autres microfictions

4917. Joseph Kessel *Une balle perdue*

4918. Lie-tseu *Sur le destin* et autres textes

4919. Junichirô Tanizaki *Le pont flottant des songes*

4920. Oscar Wilde *Le portrait de Mr. W.H.*

4953. Eva Almassy *Petit éloge des petites filles*

4954. Franz Bartelt *Petit éloge de la vie de tous les jours*

4955. Roger Caillois *Noé* et autres textes

4956. Jacques Casanova — *Madame F.* suivi d'*Henriette*
4957. Henry James — *De Grey, histoire romantique*
4958. Patrick Kéchichian — *Petit éloge du catholicisme*
4959. Michel Lermontov — *La princesse Ligovskoï*
4960. Pierre Péju — *L'idiot de Shanghai* et autres nouvelles
4961. Brina Svit — *Petit éloge de la rupture*
4962. John Updike — *Publicité* et autres nouvelles
5010. Anonyme — *Le petit-fils d'Hercule. Un roman libertin*
5011. Marcel Aymé — *La bonne peinture*
5012. Mikhaïl Boulgakov — *J'ai tué* et autres récits
5013. Sir Arthur Conan Doyle — *L'interprète grec* et autres aventures de Sherlock Holmes
5014. Frank Conroy — *Le cas mystérieux de R.* et autres nouvelles
5015. Sir Arthur Conan Doyle — *Une affaire d'identité* et autres aventures de Sherlock Holmes
5016. Cesare Pavese — *Histoire secrète* et autres nouvelles
5017. Graham Swift — *Le sérail* et autres nouvelles
5018. Rabindranath Tagore — *Aux bords du Gange* et autres nouvelles
5019. Émile Zola — *Pour une nuit d'amour* suivi de *L'inondation*
5060. Anonyme — *L'œil du serpent. Contes folkloriques japonais*
5061. Federico García Lorca — *Romancero gitan* suivi de *Chant funèbre pour Ignacio Sanchez Mejias*
5062. Ray Bradbury — *Le meilleur des mondes possibles* et autres nouvelles
5063. Honoré de Balzac — *La Fausse Maîtresse*
5064. Madame Roland — *Enfance*
5065. Jean-Jacques Rousseau — *« En méditant sur les dispositions de mon âme... »* et autres rêveries, suivi de *Mon portrait*
5066. Comtesse de Ségur — *Ourson*
5067. Marguerite de Valois — *Mémoires. Extraits*

5068. Madame de Villeneuve	*La Belle et la Bête*
5069. Louise de Vilmorin	*Sainte-Unefois*
5120. Hans Christian Andersen	*La Vierge des glaces*
5121. Paul Bowles	*L'éducation de Malika*
5122. Collectif	*Au pied du sapin. Contes de Noël*
5123. Vincent Delecroix	*Petit éloge de l'ironie*
5124. Philip K. Dick	*Petit déjeuner au crépuscule* et autres nouvelles
5125. Jean-Baptiste Gendarme	*Petit éloge des voisins*
5126. Bertrand Leclair	*Petit éloge de la paternité*
5127. Alfred de Musset-George sand	*« Ô mon George, ma belle maîtresse... » Lettres*
5128. Grégoire Polet	*Petit éloge de la gourmandise*
5129. Paul Verlaine	*L'Obsesseur précédé d'Histoires comme ça*
5163. Akutagawa Ryûnosuke	*La vie d'un idiot* précédé d'*Engrenage*
5164. Anonyme	*Saga d'Eiríkr le Rouge* suivi de *Saga des Groenlandais*
5165. Antoine Bello	*Go Ganymède!*
5166. Adelbert von Chamisso	*L'étrange histoire de Peter Schlemihl*
5167. Collectif	*L'art du baiser. Les plus beaux baisers de la littérature*
5168. Guy Goffette	*Les derniers planteurs de fumée*
5169. H. P. Lovecraft	L'horreur de Dunwich
5170. Léon Tolstoï	*Le diable*
5184. Alexandre Dumas	*La main droite du sire de Giac* et autres nouvelles
5185. Edith Wharton	*Le miroir suivi de Miss Mary Pask*
5231. Théophile Gautier	*La cafetière* et autres contes fantastiques
5232. Claire Messud	*Les Chasseurs*
5233. Dave Eggers	*Du haut de la montagne, une longue descente*
5234. Gustave Flaubert	*Un parfum à sentir ou Les Baladins* suivi de *Passion et vertu*

5235. Carlos Fuentes — *En bonne compagnie* suivi de *La chatte de ma mère*
5236. Ernest Hemingway — *Une drôle de traversée*
5237. Alona Kimhi — *Journal de berlin*
5238. Lucrèce — *« L'esprit et l'âme se tiennent étroitement unis ». Livre III de « De la nature »*
5239. Kenzaburô Ôé — *Seventeen*
5240. P. G. Wodehouse — *Une partie mixte à trois* et autres nouvelles du green
5290. Jean-Jacques Bernard — *Petit éloge du cinéma d'aujourd'hui*
5291. Jean-Michel Delacomptée — *Petit éloge des amoureux du Silence*
5292. Mathieu Térence — *Petit éloge de la joie*
5293. Vincent Wackenheim — *Petit éloge de la première fois*
5294. Richard Bausch — *Téléphone rose* et autres nouvelles
5295. Collectif — *Ne nous fâchons pas ! ou L'art de se disputer au théâtre*
5296. Robin Robertson — *Fiasco ! Des écrivains en scène*
5297. Miguel de Unamuno — *Des yeux pour voir* et autres contes
5298. Jules Verne — *Une fantaisie du Docteur Ox*
5299. Robert Charles Wilson — *YFL-500* suivi du *Mariage de la dryade*
5347. Honoré de Balzac — *Philosophie de la vie conjugale*
5348. Thomas De Quincey — *Le bras de la vengeance*
5349. Charles Dickens — *L'embranchement de Mugby*
5350. Épictète — *De l'attitude à prendre envers les tyrans*
5351. Marcus Malte — *Mon frère est parti ce matin...*
5352. Vladimir Nabokov — *Natacha* et autres nouvelles
5353. Arthur Conan Doyle — *Un scandale en Bohême* suivi de *Silver Blaze. Deux aventures de Sherlock Holmes*
5354. Jean Rouaud — *Préhistoires*
5355. Mario Soldati — *Le père des orphelins*
5356. Oscar Wilde — *Maximes* et autres textes
5415. Franz Bartelt — *Une sainte fille* et autres nouvelles
5416. Mikhaïl Boulgakov — *Morphine*

5417. Guillermo Cabrera Infante	*Coupable d'avoir dansé le cha-cha-cha*
5418. Collectif	*Jouons avec les mots. Jeux littéraires*
5419. Guy de Maupassant	*Contes au fil de l'eau*
5420. Thomas Hardy	*Les intrus de la Maison Haute* précédé d'un autre conte du Wessex
5421. Mohamed Kacimi	*La confession d'Abraham*
5422. Orhan Pamuk	*Mon père* et autres textes
5423. Jonathan Swift	*Modeste proposition* et autres textes
5424. Sylvain Tesson	*L'éternel retour*
5462. Lewis Carroll	*Misch-Masch* et autres textes de jeunesse
5463. Collectif	*Un voyage érotique. Invitations à l'amour dans la littérature du monde entier*
5464. François de La Rochefoucauld	*Maximes* suivi de *Portrait de La Rochefoucauld par lui-même*
5465. William Faulkner	*Coucher de soleil* et autres Croquis de La Nouvelle-Orléans
5466. Jack Kerouac	*Sur les origines d'une génération* suivi de *Le dernier mot*
5467. Liu Xinwu	*La Cendrillon du canal* suivi de *Poisson à face humaine*
5468. Patrick Pécherot	*Petit éloge des coins de rue*
5469. George Sand	*La château de Pictordu*
5470. Montaigne	*De l'oisiveté* et autres Essais en français moderne
5471. Martin Winckler	*Petit éloge des séries télé*
5523. E.M. Cioran	*Pensées étranglées* précédé du *Mauvais démiurge*
5524. Dôgen	*Corps et esprit. La Voie du zen*
5525. Maître Eckhart	*L'amour est fort comme la mort* et autres textes
5526. Jacques Ellul	« *Je suis sincère avec moi-même* » et autres lieux communs
5527. Liu An	*Du monde des hommes. De l'art de vivre parmi ses semblables*

5528. Sénèque	*De la providence* suivi de *Lettres à Lucilius (lettres 71 à 74)*
5529. Saâdi	*Le Jardin des Fruits. Histoires édifiantes et spirituelles*
5530. Tchouang-tseu	*Joie suprême* et autres textes
5531. Jacques De Voragine	*La Légende dorée. Vie et mort de saintes illustres*
5532. Grimm	*Hänsel et Gretel* et autres contes
5589. Saint Augustin	*L'Aventure de l'esprit et autres Confessions*
5590. Anonyme	*Le brahmane et le pot de farine. Contes édifiants du Pañcatantra*
5591. Simone Weil	*Pensées sans ordre concernant l'amour de Dieu* et autres textes
5592. Xun zi	*Traité sur le Ciel* et autres textes
5606. Collectif	*Un oui pour la vie ? Le mariage en littérature*
5607. Éric Fottorino	*Petit éloge du Tour de France*
5608. E. T. A. Hoffmann	*Ignace Denner*
5609. Frédéric Martinez	*Petit éloge des vacances*
5610. Sylvia Plath	*Dimanche chez les Minton* et autres nouvelles
5611. Lucien	*« Sur des aventures que je n'ai pas eues ». Histoire véritable*
5631. Boccace	*Le Décaméron. Première journée*
5632. Isaac Babel	*Une soirée chez l'impératrice* et autres récits
5633. Saul Bellow	*Un futur père* et autres nouvelles
5634. Belinda Cannone	*Petit éloge du désir*
5635. Collectif	*Faites vos jeux ! Les jeux en littérature*
5636. Collectif	*Jouons encore avec les mots. Nouveaux jeux littéraires*
5637. Denis Diderot	*Sur les femmes* et autres textes
5638. Elsa Marpeau	*Petit éloge des brunes*
5639. Edgar Allan Poe	*Le sphinx* et autres contes
5640. Virginia Woolf	*Le quatuor à cordes* et autres nouvelles

Composition Bussière.
Impression Novoprint
à Barcelone, le 2 septembre 2013.
Dépôt légal : septembre 2013.
1er dépôt légal dans la collection : décembre 2010
ISBN 978-2-07-044098-6./Imprimé en Espagne.

261468